Anne Rose Katz, 1923 geboren, Tochter, Schülerin, Schwester, Geliebte, Ehefrau, Mutter, Journalistin, Hausfrau, Kritikerin, Jury-Mitglied, Fränkin, Studierende, Emanze, Preisträgerin, Sozialistin, Reisende, Opfer, Amme, Autorin, Bildschirmgast, Lehrkraft, Chorsängerin, Dramaturgin, Parteimitglied, Bücherwurm, Klavierspielerin, Lyrikerin, Opernfan, zugereiste Münchnerin.
Autorin u. a. von »Wer einmal vor dem Bildschirm saß«, 1960; »Der deutsche Mann«, 1989; »Lachend flieg ich davon«, Gedichte 1991.

Dieses Buch wurde auf chlor- und
säurefreiem Papier gedruckt.

Originalausgabe Mai 1995

Umschlaggestaltung: Manfred Waller, Reinbek, unter Verwendung des Gemäldes »Zwei Frauen«, 1940, von Max Beckmann.
© VG Bild–Kunst, Bonn 1995.
Umschlagfoto: Artothek, Peißenberg
Satz: Franzis-Druck, München
Druck und Bindung: Elsnerdruck, Berlin
Printed in Germany
ISBN 3-426-65095-9

5 4 3

Anne Rose Katz

Die Freiheit der späten Jahre

Knaur

Ich danke all den Menschen, die sich mit mir in offene Gespräche eingelassen haben. Eine Voraussetzung, um die Freiheit der Gedanken und Empfindungen in späten Jahren genießen zu können. Mein herzlicher Dank gilt besonders D. Wy. und L. Bg.

Die Autorin

Inhalt

Vorwort

Die Sicht von oben kann ich wärmstens empfehlen. Ich meine, von diesem Turm herab, auf den man lebenslang hinaufgestiegen ist. Stufe für Stufe, natürlich geht es allmählich etwas langsamer. Man muß sich verschnaufen und den Abstand immer mal wieder mit den Augen messen. Von null auf siebzig und womöglich noch weiter – eine ganz schöne Entfernung.

Früher, als ich jünger war, habe ich mich manchmal quälen müssen: Lasten machten den Aufstieg zur Qual, verschleierter Blick verursachte Fehltritte. Oder ich habe mich voller Lustangst hetzen lassen, immer höher, immer schneller. Und dann, pardauz, lag ich auf der Nase.

Jetzt nimmst du's gemächlich und denkst dir was dabei. Über die Welt und das Leben. Oder über Frauen und Männer, was ja eigentlich das gleiche ist. Natürlich richtest du deine Gedanken auch auf die jungen Männer, wie das die guten alten Herrn mit den jungen Frauen auch tun. Oder vielleicht denken die gar nicht soviel über dieses Thema?

Also ich habe mal aufgeschrieben, was mir eingefallen ist. Es ist ziemlich viel – aber beileibe keine Autobiographie. Das wäre die quantitative Methode, die ich überhaupt nicht leiden kann. Nur die Raritäten habe ich aus den Schubladen gezogen oder, besser gesagt, was ich dafür halte. Spiel-Sachen. Wer mitspielen will …? Das Spiel heißt Recycling. Die gelbe Tonne. Der grüne Punkt. Und ja nichts wegschmeißen!

1 Der Anfang
oder: Pater noster

Um mit dem Anfang zu beginnen: Natürlich war ich Papas Liebling. Das ist in den Zeiten des Patriarchats eine große Chance. Er liebte mich wie eine Tochter und förderte mich wie einen Sohn. Was er wußte – und er wußte viel –, gab er an mich weiter; er verstand durch seine Liebe mir den Wert dieses Erb-Gutes deutlich zu machen. Gebildete Töchter haben gebildete Väter, sagt Virginia Woolf. Das habe ich auch erfahren. Er erzählte mir von der Ilias und von der Odyssee, und auf seinen Knien lernte ich die ersten Wörter aus der Zeitung zu buchstabieren. Mit mir ging er in Barockkirchen und in die »Entartete Kunst«. Meine Mutter blieb draußen und trank Kaffee; sie blieb immer »draußen« – das heißt natürlich, daß er sie gar nicht dabeihaben wollte. Die Ehe wurde unter konventionellen Gesichtspunkten geschlossen. Leider trat nicht der glückliche Zufall zu Hilfe, die menschliche Natur. Nein: Die Verbindung war von Anfang an unharmonisch, und sie blieb es bis zum bitteren Ende. Warum hätte ich diese Frau lieben sollen, die mein Vater nicht liebte und die deshalb eifersüchtig auf mich war? In Wachträumen glaubte ich manchmal, sie sei gar nicht meine Mutter und man habe mich im

Krankenhaus vertauscht. Ganz schön blöd, denn dann wäre ich ja auch nicht Papas Tochter gewesen! Aber immerhin noch seine kleine Geliebte!
Kein guter Start für ein weibliches Bewußtsein, wenn die Mutter nicht zum Modell, sondern zur Konkurrenz wird. Von ihr und ihren Kochkünsten wollte ich nichts lernen. Sie war zwar die Schönste in unserer Familie, aber daraus vermochte sie auch keinen Pluspunkt zu machen für sich oder die Sache der Frauen. Sie selbst war mit einer Stiefmutter aufgewachsen und hatte eine merkwürdig verklemmte prüde Lebensart, obwohl sie aus demselben fränkischen Ort stammte wie mein lebensfroher Vater. Mir betete sie die Werte von Bescheidenheit, Sauberkeit und Ordnung her. Unsicher, wie sie war, mußte sie sich an den Normen ihres Milieus festhalten. Was sich »gehört«, bedeutete ihr alles. Sie glaubte zu beobachten, wie mein Vater mich »verdarb«, indem er mir sein Lebensgefühl vermittelte, unter dem sie persönlich litt. So etwas konnte doch für das kleine Mädchen nicht gut sein, das sie geboren hatte, das ihr aber weder ähnlich sah noch ähnlich war. So bemerkte sie meine völlige Unbefangenheit und Offenheit der Welt und den Menschen gegenüber, was sie mit ihrer Lebenserfahrung einfach nicht billigen konnte. »Das Kind ist wieder unerträglich vorlaut«, glaubte sie sich bei ihresgleichen entschuldigen zu müssen. Zu Hause brachte sie mir bei, daß ich überhaupt nicht schön sei, viel zu blaß, eine schlechte Haltung hätte und viel zu dicke Beine, und dazu sei

ich auch noch eitel. Auf diesen Leim kroch ich ihr fast bis ins Alter. Lange glaubte ich ihr, daß kein Mann eine so unansehnliche Person wie mich lieben könne; denn eine so Schöne wie sie hatte auch in meinen Augen die Kompetenz für Fragen der erotischen Attraktion. Also mußte ich mir etwas ausdenken, was mich liebenswert machen könnte. Meine Karriere als Rednerin war besiegelt. Immer und ewig versuchte ich mich durch witziges, gescheites und auch charmantes Reden in den Vordergrund zu schieben. Ganz schön anstrengend und risikoreich! Null Taktik. Denn immer wußten alle anderen, wie sie mit mir dran waren; hingegen hüteten sie ihre Geheimnisse eifersüchtig vor mir und vor der Welt. Ich hingegen lieferte mich immer aus. Das war in der Schule so, im Beruf und in der Liebe. Immer war ich diejenige, die Vorleistungen erbrachte, erbringen zu müssen glaubte. Und das ist in den Augen vieler Menschen ein Fehler. Wer vorleistet, hat's nötig, ist die allgemeine Auffassung. Ein Schuldner hingegen, der auf Kredit lebt, ist eine hochgeachtete und umhätschelte Persönlichkeit. Das sehen wir allerorten. Der Kredit muß nur hoch genug sein. Nur arme Schlucker zahlen bar – reiche Leute gar nicht. Diese Lektion habe ich gelernt, de facto und im übertragenen Sinn. Aber ehrlich gesagt, ich wollte diese Lektion schnell wieder vergessen. Dies Grundmuster ist mir zu kleinkariert.
Vielleicht war ich ja auch gar nicht häßlich als junges Mädchen und junge Frau. Übriggebliebene Fotos spre-

chen eigentlich für mich. Aber bekanntlich sieht keiner mit einem objektiven Blick in den Spiegel oder auf sein Abbild; jeder sieht nur, was er sehen möchte oder was er sehen soll. In femininen Dingen glaubte ich meiner Mutter doch mehr als meinem Vater. Mich beschlich bei allen hochfliegenden Zukunftsplänen vom Umgang mit bedeutenden Männern und geistreichen Kollegen eine dunkle Ahnung von einem weiblichen Kollektivschicksal. Gleichzeitig hoffte ich, ihm individuell entrinnen zu können durch Fleiß, Geschicklichkeit und Diplomatie im Umgang mit den reichen und einflußreichen Männern. (Eine Illusion, die auch bei den jungen Frauen von heute noch weit verbreitet ist.) Deshalb nahm ich wohl die mütterlichen Worte in diesem Punkt ernst, weil sie schließlich doch die Frau war, die mein Vater einmal erwählt hatte. Once upon a time ... So fangen alle Märchen an. Auch das Märchen von der heilen Familie, in der ja jedes Kind gern aufgewachsen wäre. Bei uns fing es mit einer Hochzeit unter einem berühmten Riemenschneider-Relief an. Das hat aber auch nichts genützt. Den Grund habe ich freilich erst viel später erfahren. Die Romanze zwischen den beiden Nachbarskindern war schon beendet, bevor sie – endlich – zum Standesamt schritten. Sie erfüllten nur noch eine Konvention. *Er* hat das später formuliert, *sie* nie. Im Gegenteil, wenn es wieder einmal Tränen gab beim Frühstück, behauptete meine Mutter, das ungezogene Kind, *ich*, hätte die einst glückliche Verbindung zerstört. Hoffentlich hat sie's

wenigstens selbst glauben können! Mir rückte sie dadurch immer ferner.
Durch diese familiäre und psychische Konstellation blieb ich viel zu lange Parteigängerin des Patriarchats. Ich glaubte an die Männer. Mit ihnen wollte ich leben und arbeiten. Die Frauen habe ich viel zu spät entdeckt in meinem Leben, erst, als es schon fast zur Hälfte vorbei war. Ich habe sie als abhängig und ungebildet mißachtet oder als aufgedonnerte Schmutzkonkurrenz gefürchtet.
Zwangsläufig habe ich bald meine ersten Enttäuschungen mit dem Mann erlebt, mit meinem Vater also. Er verriet mich nämlich dann und wann um seines Vorteils willen, seines sexuellen Vorteils willen. Meine Mutter fand nämlich keinen Geschmack an der Fleischeslust, oder nur selten. Er mußte geduldig anstehn, um zu seinen ehelichen Freuden zu kommen, die für sie wohl nur Pflichten waren. Um sie gefügig zu machen, gebrauchte er bestimmt keine Gewalt, das war nicht seine Art. Ich weiß nicht, ob er ihr einen neuen Hut versprach oder mehr Haushaltsgeld. Das einzige, was ich sicher weiß: Er bezahlte sie mit den kleinen Geheimnissen, die ich ihm anvertraut hatte. Das spielte sie dann genußvoll gegen mich aus. Nein, falsch: Es war ja eben ihr Unglück, daß sie nichts genießen konnte, weder den beruflichen Aufstieg meines Vaters noch meine bescheidenen Erfolge. Sie war und blieb unzufrieden oder, wie man heute sagt: frustriert. Schlimm genug! Es erhöhte

nicht meine Zuneigung zu den Frauen. Typisch aber, daß ich es meinem Vater durchgehen ließ. »Es liegt wahrscheinlich an mir, kein vernünftiger Mensch ist so vertrauensselig«, suchte ich bei mir die Schuld wie viele Frauen im Krisenfall. Denn die Minderwertigkeitsgefühle, die meine Mutter bei mir geschürt hat, waren eine Realität, strafmildernd für ihn. Außerdem, mein Vater war doch mein Koalitionspartner, und die Allianz schmeichelte mir, machte mich stärker nach außen und brachte mir auch entscheidende Vorteile. Im täglichen Leben sowohl, als auch in meiner Entwicklung. Ihn wollte ich nicht verlieren. Das war mir ein paar psychische Spesen wert. Er streichelte mich dann stets nach solchem Liebesverrat und versuchte gestotterte Erklärungen. Schwach wie er war. So wurde er zu meinem Schuldner! Ich durfte ihm verzeihen! Ein Genuß!
Die Muttersöhne haben es da schwerer. Denn ihre Vorbilder, die Frauen, sind viel besitzergreifender als die Väter, weil sie keine Kompensation in der Gesellschaft oder im Beruf haben. So war es in meiner Generation – und auch heute noch sehe ich schweren Herzens und manchmal voller Wut abschreckende Beispiele dafür. Solch altbackene Teigwaren werden dann noch in Zimt und Zucker getaucht, damit sie der Familie recht gut schmecken. Guten Appetit! Die Schäden bei den männlichen Kindern sind lebenslang, weil die Frauen nicht loslassen können, die Söhne nicht loslassen sollen. Bei einem Abendessen gestand neulich ein gleichaltriger

Freund, daß ihn seine Mutter, eine Witwe, lebenslang zwang – zwingen wollte, sie auf den Mund zu küssen. Er haßte das, fand es ekelig. Er könne nun überhaupt keinen Menschen auf den Mund küssen. Seine Frau seufzte nur. Diese Mütter, früh veredelt durch den Status des Ehemanns, hoffen auf weiteren gesellschaftlichen Aufstieg im fortgeschrittenen Alter. Der Sohnemann ist ausersehen, als der zukünftige Patriarch ihre Situation gnädigst zu verbessern. »I'm the mother of the artist!« Neue Abhängigkeiten, Vorwürfe und schlechtes Gewissen haben alle schon vorher geübt, in der Elternehe. Schwiegertöchter stören hier grundsätzlich, einfach, weil sie bloß Frauen sind.
Als ich in der Pubertät war, gingen die Bekenntnisse meines Vaters weiter. Ich weiß schon, woher ich den Konfessionszwang habe. Denn auch er wollte nicht nur geliebt, sondern auch verstanden werden. »Verstanden« – die Sprache wählt das Wort für gegenseitige geistige und seelische Durchdringung und Hingabe aus der verbalen Begrifflichkeit. »Sprich mit mir, damit ich dich verstehe.« (Die Sprache ist klug!) Selbst so ein zukunftsbewußter Medientheoretiker und Bildersäufer wie der französische Philosoph Paul Virilio sagt heute: »Der Mensch läßt sich nicht zum Schweigen verurteilen. Die Sprache ist das Wesen des Menschen.« Von meinem Vater lernte ich auch das Sprechen, das Aussprechen. Natürlich weiß ich heute, daß es seine subjektive Wahrheit war, die er mir in die Ohren blies. Was sonst? »Weißt

du, Schneck,« sagte er (wenn das kein schlüpfriger Kosename ist!), »sie ist einfach frigide.« Er sprach von seiner Frau. Damals gab ich mich damit zufrieden. (Erst als beide tot waren, dachte ich, er dürfte auch nicht gerade ein Liebeskünstler gewesen sein, wenn er einem verklemmten und unerfahrenen Kleinstadtkind nicht die mindesten Spielregeln in der Horizontalen beibringen konnte.) Als ich noch etwas älter war, fragte ich ihn: »Warum läßt du dich denn nicht scheiden?« *Du dich!* Typisch, die männliche Prägung meiner Frage. Er sagte: »Kind, in meiner Position geht das nicht«. Man sieht, eine durch und durch bürgerliche Ehe aus den zwanziger Jahren. Aber mir hat sie eigentlich nicht geschadet, wenn sie auch einige Knoten in meinen Lebensfaden geknüpft hat. Gleichzeitig mit Lesen, Schreiben und Schlittschuhlaufen lernte ich Reflektieren. Ich machte mir keine naive Vorstellung von den Beziehungen zwischen den Geschlechtern. Zu keiner Zeit meines Lebens glaubte ich, das Zusammenleben der Menschen sei leicht. Und daß es nicht genügte, einfach draufloszulieben, wie meine Freundinnen das als Backfische annahmen, war mir schon klar. Brechts Aufforderung »Glotzt nicht so romantisch« hatte ich nicht nötig. Am liebsten sah ich mich in meinen Träumen als blaustrümpfige Suffragette. So etwas wollte ich kreieren. Denn daß es solche Vorbilder schon gab, selbst im Mittelalter, davon hatte ich keine Ahnung. Bücher wie das von Christine de Pizan (»Das Buch von der Stadt der Frauen«) oder

Hildegard von Bingen (»Scivias – Wisse die Wege«) – um mit den ältesten emanzipierten Schwestern zu beginnen –, die standen nicht in unserem Bücherschrank. Und in der Schulbibliothek standen sie auch nicht. Dabei waren unsere Lehrerinnen im Gymnasium fast alle alleinstehende Frauen und sicher für die damalige Zeit recht progressiv. Aber das ließen sie nicht heraus. Sie waren zahm und schrullig und sorgten durch Haltung und Kleidung konsequent dafür, daß man sie für Neutren hielt. Kein Modell für meine hochfliegenden Pläne. Ein ganz kleines bißchen wollte ich wohl auch als die Große Hetäre in die Annalen eingehen, hinter der alle Männer her waren, die sich aber an niemanden band. Die Briefe der Ninon de Lenclos gehörten immerhin zu unserer häuslichen Bibliothek, mit schönen Kupfern ausgestattet. Sie war die erste emanzipierte Frau, die mir begegnete, wenn auch nur auf dem Papier, da sie nämlich schon 1705 im Alter von fünfundachtzig Jahren gestorben ist. Hartnäckig widerstand sie allen Heiratsanträgen aus ihren Kreisen, ließ sich aber durchaus lieben, bis ins hohe Alter. Einst lief ihr ein junger Kleriker zu oder nach, und es verging eine ganze Zeit, bevor sie ihn erhörte. Beglückt genoß der Verehrer die Freuden der Liebe mit der galanten Frau, die er im absoluten Besitz ihrer erotischen Fähigkeiten vorfand. Warum sie ihn aber so lang hatte warten lassen, fragte er. Und sie bekannte, nicht ganz ohne Eitelkeit: »Weil gestern mein achtzigster Geburtstag war.« Die sehr amüsanten Nie-

derschriften dieser Frau verschlang ich. Da war ich noch Jungfrau. »Amor«, so schreibt sie, sei »viel mehr der Gott der sensations (also der sinnlichen Gefühle) als der Gott der sentiments (also der zärtlichen Empfindungen)«. Das hab ich erst sehr viel später verstanden.
Die Zärtlichkeit meines Vaters, der vierunddreißig Jahre älter war als ich, hat mich jugendlichen Bewerbern gegenüber fast immun gemacht. Ich erinnere mich, daß während meiner Tanzstunde nur der grauhaarige Tanzlehrer für mich attraktiv war. Ich wollte auch später in meinem Bett den väterlichen Patriarchatsvertreter. Und wenn es auch oft keine Liebe war, die mich eine solche Verbindung eingehen ließ, so war es doch das befriedigende Gefühl der Teilhabe am Patriarchat. Dabei blieb es auch meistens. Denn in der beruflichen Praxis haben mir diese Affären fast nie geholfen; nach gehabtem Vergnügen wurden meine einflußreichen Freunde recht schnell wieder respektabel und preußisch und dachten gar nicht an eine Förderung ihrer Liebschaft – eher im Gegenteil. Und rein erotisch – da mußte ich oft die Augen schließen. Nein, nicht vor Glück, sondern vor lauter Verlogenheit. Denn zu meiner Zeit, da täuschte ein braves Mädchen, auch als geschiedene Frau, ihren Liebhabern den verpaßten Orgasmus vor. Die Männer wußten schon, wo's langgeht. Vor allem für sich selbst. Und geredet wurde darüber nicht. Nicht mal von mir. Ob mein Vater auch so einer war? Mit mir probiert hat er es nicht, obwohl er es bestimmt gern gemacht hätte.

Und ich? Weiß nicht. Unbestimmte Wünsche und zärtliche Annäherungen wurden nicht Wirklichkeit, obwohl ich heute manchmal denke, daß es in dieser Konstellation für mich vielleicht gar nicht negativ gewesen wäre. Der mir vertraute Mann in größtmöglicher Nähe – ist das undenkbar? Psychisch war ich doch sowieso ganz von ihm abhängig. Als es dann, vierzehn Tage vor meinem sechzehnten Geburtstag, ein fremder »Vater« mit mir tat, habe ich offenbar noch Glück gehabt, wenn ich hören mußte, was mir meine Freundinnen über das entsprechende Ereignis in ihrem Leben erzählt haben. Die meisten sprachen gar nicht, schämten sich. Auf jeden Fall haben wir alle die conjugatio primae noctis vor der Welt geschönt. Denn wer sich dazumal auf außerehelichen Beischlaf einließ, meist mit verheirateten Männern, der war in den Augen seines Milieus schon auf die schiefe Bahn geraten. (Nach dem Krieg, also 1945 – da war ich auch erst zweiundzwanzig Jahre alt –, kam statistisch auf sechs Frauen ein Mann.) Wenn man als die sechste Frau dann und wann einen Mann ergatterte, dann sollte es doch wenigstens schön oder erlesen oder liebevoll oder einfach toll gewesen sein. Sonst hätte man ja vor sich selbst keine Ausrede für den »Fehltritt« gehabt. Und die brauchte man. Denn sexuelle Freiheit, die mußte man sich nehmen, vor allem in den Fünfzigern. Im berüchtigten »Buch der Etikette« einer gewissen Frau Pappritz kamen höchstens Handküsse vor. Ein geiler Beischlaf wurde einem von niemandem in der

Gesellschaft geschenkt. Allerhöchstens vom eigenen Ehemann – und das mehr züchtig, im Nachthemd und Licht aus. Das wurde mir wenigstens erzählt. Ich war damals nicht verheiratet.
Natürlich traf ich am Bettrand auch reizende und fürsorgliche Liebhaber, die sich Mühe mit mir gaben und sich Zeit für mich nahmen. Durch ein paar solcher Grauköpfe habe ich Kierkegaard kennengelernt und meine Anatomie. Sie erweiterten meine erotische Phantasie beträchtlich. Und das war nötig. Ihnen bin ich dankbar und bleibe es. Das sind die Männer, die ich gern in meiner Biographie sitzen habe; leider kann man auch die anderen nicht ausmerzen. Von den liebevollen Gespielen habe ich übrigens auch gelernt, daß man Liebe und Erotik sehr wohl trennen kann. Und daß man keineswegs – was bürgerliche Frauen so oft tun – jeden geglückten Beischlaf mit Gefühlen beschweren muß. Meistens, habe ich zurückblickend gedacht, eher im Gegenteil. Aber die große Liebe im Bett schadet natürlich auch nicht. Heiraten wollte ich übrigens nie. Immerhin habe ich wenigstens Kranz und Schleier mehrere Male vermieden, wenn ich auch gelegentlich freiwillig oder unfreiwillig meinen Familienstand geändert habe.

Frage mich niemand nach dem besten Modell für den Ernstfall. Ich kenne es nicht. Dabei denke ich nicht, daß es gut für den Menschen sei, allein zu sein. Ich habe ja auch überhaupt nichts gegen die Männer. (Gegen einige schon, ich könnte sie aufzählen.) Es ist das Patriarchat, mit dem man sich als Frau auseinandersetzen muß. Kämpfen sogar. Nichts fällt einem in den Schoß – außer diesem unterschiedlich geformten und unterschiedlich benannten Körperteil der Männer. In den Schoß fallen ... Donnerwetter, ist die deutsche Sprache genau.

2 Der Schreibtisch – mein Biotop

oder: Das Papier der frühen Jahre

Meine Mutter war, wie alle Frauen ihrer Generation, mit nichts anderem beschäftigt, als mit ihrem Alltag fertigzuwerden. Mit unserem Alltag stellvertretend auch. Das nahm uns alle möglichen niederen Verrichtungen ab und ließ uns, meinem Vater und mir, Zeit fürs Höhere. Sie lebte sozusagen von der Hand in den Mund; den langen Atem für eine kontinuierliche Utopie hatte man ihr nicht beigebracht. Eigenes Geld hatte sie nicht, das für den Haushalt war ihr ja nur treuhänderisch überlassen. Ihre Zeit war vom Frühstück über das Mittagessen bis zum Abendessen in kleine Portionen aufgeteilt. Dann kam der nächste Waschtag, das Ostereierfärben, die Weihnachtsbäckerei und der Jahreszeitenwechsel, wenn die Wintersachen in dem alten Schrank auf dem Dachboden mit den Sommersachen ausgetauscht wurden. Vermutlich gab es da auch eine Einteilung nach ihrem Monatszyklus wie bei allen Frauen dieser Welt. Aber das war überhaupt kein Thema, in keiner der mir damals bekannten Familien. Bei uns gab es nur so einen komischen weißen Emailleeimer mit Deckel, in der hintersten Ecke des Bads. Dahinein kamen diese unförmigen Baumwolldinger, wenn sie blutig waren. Nach der

Wäsche hingen sie dann wieder sauber auf der Leine, zwischen Bettlaken versteckt. Selbstverständlich wurden sie hundertmal verwendet, denn weggeworfen wurde damals sehr wenig. Die Achtung vor dem »Gemachten« war seinerzeit groß. Materie, Material wurde nicht vergeudet. Bürgerliche Ökonomie nur? Oder war da auch so eine ökologische Ahnung? Jedenfalls nicht schlecht, gemessen an den Konsum- und Verschleißorgien der Gegenwart, die eigentlich eine große Verachtung ausdrücken gegenüber der Materie, der Natur, den Stoffen und auch gegenüber den Menschen, die solche Materialien hergestellt haben. Mir fällt heute noch schwer, etwas endgültig im Mülleimer stranden zu lassen. Oft werfe ich einen völlig irrationalen suchenden Blick in die Gegend, ob nicht einer mich stoppen wolle, weil er diesen Gegenstand ausgerechnet jetzt dringend brauchen könnte.

Auch meine Binden landeten in diesem Eimer und auf der Wäscheleine, als es soweit war. Der Vorgang blieb unerklärt und unkommentiert. Es war halt so. Mir war schon klar, daß ich damit auch meinen Vater nicht behelligen durfte. Plötzlich war ich in diesem Clan der Frauen, zu denen auch das Dienstmädchen gehörte. Aber die Sache, die uns verband, war eine höchst dubiose, minderwertige. Wir drei Frauen waren mit unseren kreatürlichen Gegebenheiten den hygienischen und ästhetischen Normen des einzigen Mannes im Haus auch in diesem Punkt ausgeliefert. Welch Gegensatz zu den jungen, hübschen Frauen im Werbefernsehen, die heute offen vor Millionen Zuschauern Reklame für ihre locker, flockig, leichten Tampons machen und sich so zu ihrer Menstruation bekennen. Davon müssen auch die zeitgenössischen Männer Notiz nehmen. Öffentlich. Ist das schon ein Fortschritt?

Zum Haushalt gehörten noch die weiblich definierte Nähmaschine und der Nähtisch. Doch hatte unsere Wohnung dafür keinen Extraraum. Meine Mutter war mit diesen Requisiten Untermieterin im Wohnzimmer. Durch eine große Flügeltür getrennt lag das Herrenzimmer, der nobelste Raum der Wohnung. Dort stand der Bücherschrank an der Wand und – in den Raum ragend und ihn beherrschend – der Schreibtisch. Gäste wurden hier auch empfangen, wenn sie nicht zum Essen kamen oder wenn sie mit einem Schluck Süßwein aus geschliffenen Gläsern bewirtet wurden (das Wort Aperitif gehörte nicht zum Wortschatz der Familie), bevor sie sich an den großen Eßtisch im Wohnzimmer setzten, den man ausziehen konnte. Im Herrenzimmer trieb ich mich gern herum, besonders, wenn die Eltern ausgegangen waren. Der Schreibtisch meines Vaters war zwar immer abgeschlossen – eine Sitte, die ich bis zum heutigen Tag, wo ich älter bin, als mein Vater überhaupt geworden ist, nicht übernommen habe. War das ein Zeichen patriarchalischer Machtausübung? Denn sonst wurde nichts abgeschlossen in unserer Wohnung, auch nicht von meiner Mutter. Der Bücherschrank mit seinen drei Türen war ebenfalls immer auf. Ich hatte bald heraus, daß es da geheimen Lesestoff gab, der in einer zweiten Reihe hinter den Klassikern verborgen stand. Alles fraß ich auf, von Nietzsche über Bismarck bis zu Pitigrilli, Goethe und Schiller mit Goldschnitt und »Ekkehard« von Victor von Scheffel. Und, hinter einem neutralen Einband versteckt, fand ich auch das illustrierte Rezeptbuch »Die vollkommene Ehe« von van de Velde. Offenbar aber wurde es von meinem Elternpaar nicht gelesen. Ehrlich gesagt, auch ich hatte mir die ehelichen Pflichten nicht so arbeitsintensiv vorgestellt, wie sie vom Autor anschaulich geschildert worden waren.

Ich las und las, auf dem Boden liegend, vor allem, wenn niemand in der Wohnung war. Dann blieb ich ungestört von den Ermahnungen meiner Mutter wie: »Du verdirbst dir doch nur die Augen«. Das war ihre Opposition in der Praxis gegen das intellektuelle Bündnis Vater/Tochter. »Lesen schadet der Gesundheit.« Im Jargon unserer Zeit hieße das etwa: Das Buch ist eine Droge, die süchtig macht. Aber die vollkommene Ehe, die nahm ich manchmal sogar mit ins Bett, obwohl ich mir unter den ganz sachlich beschriebenen Praktiken nichts vorstellen konnte. Vorsichtshalber waren auch die meisten Benennungen lateinisch. Aber so weit waren wir in der Schule noch nicht fortgeschritten. Heut habe ich auch ein Buch wie etwa das »Kamasutra« im Schlafzimmer liegen. Aber immer, wenn's ernst wird, habe ich keine Zeit mehr nachzuschauen. Oder die Brille nicht da.

Dabei bin ich sicher, die da hinten im Orient, die haben auch über die Kunst des sexuellen Umgangs nachgedacht und ganz schöne Ergebnisse erzielt. Respektvoll habe ich dies schon öfter in Darstellungen bewundert. Ob die das auch in der Praxis so ähnlich vollzogen? Oder war das die erotische Version fürs Papier? Es wäre ja scheußlich, sollte das auch nur künstlerische Sublimierung sein, wie die leidenschaftliche mittelalterliche Liebeslyrik. Was ich nämlich sonst so von unseren zukünftigen fernöstlichen Handelspartnern gehört habe (als Liebhaber), das ist nicht gerade ermutigend. Ich glaube, ich sollte auf meine alten Tage doch lieber als Kunstfreundin bei den steingewordenen lasziven Plastiken an den asiatischen Tempelpyramiden bleiben oder bei der literarischen Sublimierung des »Kin Ping Meh«.

Oft saß mein Vater an seinem Schreibtisch und schrieb in eine dunkelbraune Schreibmappe, die innen grüne Einlagen aus Löschpapier hatte. Er schrieb selbstverständlich mit der Hand und mit dem Füllfederhalter, aus dem gelegentlich die Tinte auf die Schreibtischunterlage tropfte. Man mußte den Füller nämlich wirklich füllen, aus einem Tintenfaß mit einer Pipette, die durch Daumendruck die Tinte aufsog und hergab. Selten blieb dieser hochtechnische Vorgang folgenlos. Dann ging mein Vater ins Bad und säuberte den Federhalter, seine Finger und auch schon mal die Krawatte, was zu mittleren Katastrophen führte und meiner Mutter (mit der

Pflicht, den Alltag zu bewältigen) einen kurzen Triumph gönnte.
Besonders spannend war es, wenn mein Vater in meinem Beisein den Schreibtisch öffnete. Der Schlüssel, der die beiden Türen und die Schublade schloß, hing an seinem Bund mit den Hausschlüsseln. Wenn ich am Monatsanfang das Schulgeld in Form eines Schecks entgegennahm, stand ich wartend neben dem Schreibtischstuhl und starrte in das halbdunkle Innere, zu dem mein Vater nur kleine Schlitze öffnete. Ich sah Zigarrenkistchen und Blechschachteln von Bleistiften. Da lagen Etuis und Papierhäufchen. In den englischen Zügen der Seitentüren verstaubten alte Briefumschläge in allen Größen. Ich konnte auch Ledermäppchen mit Zirkeln, kaputte Drehbleistifte und Bleistiftspitzer unterscheiden. Ein silbernes Petschaft mit seinem Monogramm und Siegellack in drei Farben fand ich geheimnisvoll, obwohl ich mich nicht erinnern kann, daß er es einmal benutzt hätte. Als es mir einmal gelang, unbeobachtet in diesem Schreibtisch zu stöbern (wie ich das geschafft habe, weiß ich nicht mehr), stieß ich auf Umschläge mit abgelösten Briefmarken (ungeordnet) und auf Fotos, einerseits mit vollkostümierten Soldaten (Weltkrieg) und andererseits mit halbnackten Frauen. Das war Vatis Innenleben, bis er starb. Eigentlich ziemlich unerwachsen, dachte ich. Gymnasiastenmäßig. Ich schwieg darüber zu jedem, auch zu ihm, wollte ihn nicht vor sich selbst blamieren, wie das die Eltern so gern mit ihren

Kindern tun. Deshalb wollte er ja auch keine Zeugen dafür. Vor allem meine Mutter nicht. O Ironie des Irdischen! Sie war es natürlich, die den Schreibtisch nach seinem Tode vollständig ausräumte. Totaloperation in meiner Gegenwart (stumm!). Drei ledergebundene Heftchen mit seinen Gedichten bat ich mir aus. Sie liegen jetzt in meinem Schreibtisch. Unbewegt hatte sie den »Schreibkram« sortiert, aussortiert. Das wird uns wohl allen blühen, von unseren Erben, wenn wir nicht früh genug aufpassen. Denn auch mein Schreibtisch birgt biographische Relikte, die für jeden Menschen außer mir just peanuts sind. Fotos von nackten Männern sind nicht zu finden. Vielleicht auch nur, weil ich nicht wüßte, wo es sie gibt. Unter Umständen würde ich sie ganz gern ansehen, aber nicht nur nach ästhetischen Gesichtspunkten.

Mein sogenanntes Kinderzimmer ähnelte bald dem »Herrenzimmer«, nur daß jenes in dunkler Eiche, meines aber in weißem Schleiflack ausgeführt war. Die Bücher waren da, Bilder und jede Menge bedrucktes Altpapier und, natürlich, in der Mitte zwischen zwei Fenstern: ein Schreibtisch. Oft saß ich da wie mein Vater zwei Zimmer weiter, keineswegs immer mit Schularbeiten beschäftigt, wie ich vorgab. Außer einem Koffergrammophon (auf dem auch schon mal eine aus England eingeschmuggelte Jazzplatte gespielt wurde) und meinem Bett, in dem ich besonders gern las, war der Schreibtisch *mein* Möbel, mein Bergwerk, mein Tresor.

Diese große Platte mit einer Lampe, diese Höhlenlandschaft hinter den Türen, das deuchte mir schon damals Lebens- und Arbeitsgrundlage. Mein ureigenes Biotop. In jeder meiner nachfolgenden Behausungen stand ein Schreibtisch, mehrfach ausgewechselt, weil die Urszene von Bomben zerstört wurde. Nichts von der familiären Grundausstattung hat den Krieg überlebt. Manches wurde später bei Umzügen lädiert. Aber Schreibtische gab es immer. Nie besonders formgestaltet, aber stets geräumig. Und sogar in einem Hotelzimmer schätze ich so ein Möbel, an dem ich zum mindesten schreiben könnte; diese dackelbeinigen Nippsachen allerdings in falschem Rokoko kann ich nicht ausstehen. Außerdem sind ihre geschwungenen Furnierplatten meistens mit überflüssigem Reklamematerial überdeckt, das mir den internationalen Luxusschrott mit den berühmten Markennamen anpreist. Wo fände ich da Platz zum Schreiben?
Ich glaube nicht, daß ich in meinem Herzen solche kleinen Türchen und Schubfächer habe, die mich vor diese gewissen Möbelstücke zwingen. Ich habe mir die Haltung, an einem Schreibtisch zu sitzen, von meinem Vater abgeschaut. Er hatte ja sogar zwei Schreibtische, weil er auch im Amt so eine Holzburg zum Regieren brauchte. Doch die Positur hinter einer Prestige-Rampe, das öffentliche Posieren und das private und individuelle Nachdenken – und anschließend das Umsetzen dieser Prozesse in Schriftzeichen, das war gewiß die Lebens-

haltung, die ich mir schon als Kind für mich vorstellte. Ich wußte keine Alternative. Hartnäckig, wie ich manchmal bin, habe ich mir das erarbeitet und durchgehalten. Der Schreibtisch als Symbol für Kommunikation (Briefe und Einladungen), für Arbeit (Skripte), für Reflexion (Tagebuch), für Staatsbürgerschaft (Steuererklärung), für Wirtschaftsfaktoren (Rechnungen und Honorare), für Wichtigtuerei (Überfüllung) bestimmt mein Leben noch immer. Für einen Pensionär wie meinen alten Vater und eine Rentnerin wie mich war und ist die Kontinuität des aktiven Lebens, zu dem gerade dieses Möbel befähigt, sehr tröstlich, denn es ist altersfreundlich. Wenn ich am Morgen an ihm Platz nehme, dann überträgt sich seine Bereitschaft, am kulturellen Leben durch eine alte Kulturtechnik teilzunehmen, spontan auf mich. Ich fühle mich ihm gegenüber in der Pflicht und will ihn nicht enttäuschen. Manchmal mache ich auch Kreuzworträtsel auf seiner Platte; ich hoffe, er merkt es nicht. Immerhin sind es die Kreuzworträtsel aus dem »Zeitmagazin«. Das ist keine Schande. Man muß eben einmal in der Woche wissen, was definitiv richtig und was falsch ist. Das gehört zur mentalen Hygiene. Überdies: Ein Mensch, der an einem Schreibtisch sitzt, flößt auf alle Fälle Respekt ein. Das ist die Crux mit den Bürokraten auf der ganzen Welt. Man fällt auf ihr Imponiergehabe herein, auch wenn man zu Hause selbst einen Schreibtisch hat. Ein Mensch vor einem Fernseher oder über einem Suppen-

topf ist mit einem Menschen hinter einem Schreibtisch einfach nicht zu vergleichen.
Krankheit oder Schwäche machen vor dem Schreibtisch halt. Ich kann trotz Fieber, Erschöpfung, Kater, ungewaschen und im Morgenrock, an dem schon seit vier Wochen zwei Knöpfe fehlen, den alten Platz einnehmen (heute in einem körperbewußten Sessel). Ich kann mich anlehnen, aufstützen, hinflegeln. Die Laufbahn als Sitzende halte ich durch, unabhängig von meiner körperlichen oder seelischen Befindlichkeit. Wir kontinuieren uns gegenseitig.
Zwar nützt man den Schreibtisch nicht mehr, wie in jüngeren Jahren, gelegentlich zu Nebentätigkeiten, die man auf jeder größeren stabilen und abgeräumten Fläche ausüben kann. Bei mir hat das wohl hauptsächlich damit zu tun, daß diese Fläche niemals mehr leer ist. Ich kann machen, was ich will, räumen und ordnen und wegarbeiten – den Schreibtisch kriege ich nicht einmal an meinem Geburtstag oder an Weihnachten blank. Immer gibt es wieder die letzten drei Häufchen, von denen man Blätter je aufs andere legt in der vagen Hoffnung, sie könnten bei der Arbeit morgen, am Dienstag oder nach dem Urlaub hilfreich sein. Und da ich nun mal der radikale Typ nicht bin, weder mit den Männern noch mit den Papieren, tritt niemals diese sterile Utopie von systematischer Ordnung ein, dieses Entweder-Oder, was ja auch zu einem seriösen, abendländischen, patriarchatsorientierten Frauendasein gehört. Das

haben die Hausfrauen internalisiert. Dabei habe ich neulich in einer Statistik gelesen, nichts ginge den Ehemännern so sehr auf den Wecker wie die ständige Räumerei und Putzerei ihrer Frauen. Dazu besetzen die meisten Mütter und Gattinnen diesen Streß auch noch moralisch! Ich nicht, ich fürchte, da bin ich androgyn, und zwar immer mit der falschen Hälfte ins bedruckte Papier involviert.
So ist das mit den Biotopen. Sie spenden nur Leben, wenn man sie wachsen und blühen und überlaufen läßt. Und, das wissen wir alten Frauen doch schon längst: Hygiene ist tödlich. Nur im Dreck sprießt alles. Auch die Ideen.

3 Über Äquilibristik
oder: Wie eine bürgerliche Theorie funktioniert

Romeo und Julia waren gleichaltrig, als sie sich mit gleicher Leidenschaft liebten – so fünfzehn, sechzehn. Was sie verband: keinerlei Erfahrung. Sie erlebten Liebe und Leben identisch – das Glück pur. Klar, daß ein großer Dichter nur *eine* Chance für sie sah: Sie mußten sterben. Der Zenit verkürzt das Leben, wenn man ihn so jung erlebt, denn den höchsten Augenblick kann man nicht perpetuieren. Ein Fünftausender ist durch keinen Sterblichen in eine Hochebene zu verwandeln. Gleichjung und in Schönheit sterben – warum nicht. Keine Zukunft – keine Banalität. Die reine Poesie.

Wie alt Tristan und Isolde wirklich waren, sagt Gottfried von Straßburg in seinem Liede nicht; jedenfalls viel jünger als König Marke. Junge Erwachsene, würde man heute sagen, wahlberechtigt, gleiche Generation. Daß sie auf der Opernbühne manchmal einen anderen Eindruck erwecken, soll uns nicht verwirren. Sie liebten sich jedenfalls absolut, etwas länger als Romeo und Julia, aber mit genau so tödlicher Konsequenz. Sie hatten ihre Liebe schon konditioniert durch den Willen. Auch heute ist solch ein Beziehungskitt nicht aus der Mode: diese schreckliche Wennschon-dennschon-Ideologie. Prost

Liebestrank! Mir paßt das nicht in mein eher gemäßigtes Weltbild, wenn ich natürlich auch dann und wann einen tiefen Schluck aus der Pulle genommen habe. Aber zum Lovaholic bin ich nie geworden.

Philemon und Baucis sind das Urbild von Kontinuität in der Liebe. Was lange gewährt hat, ist offenbar endlich gut geworden, das Alter hat sich respektabel addiert. Abklang und Ausklang versöhnlich, ohne Scheidungsanwalt oder Mord in der Badewanne (auch kein Selbstmord auf dem Speicher). Ein kleiner Imbiß an Zeus und Hermes verabreicht, als diese gerade mal wieder in göttlichen Geschäften auf Erden unterwegs waren, erkauft dem Paar den gemeinsamen Greisentod, den sie sich von den Göttern gewünscht hatten. Allerdings werden sie im Lexikon ausdrücklich als Sagengestalten ausgewiesen.

Die Liebe unter Gleichaltrigen: Da muß man früh anfangen und an seine Generation glauben. Es ist schon merkwürdig, dem Gedanken, just das richtige Alter für irgend etwas zu haben, begegnet man immer wieder im Leben. Doch relativiert er sich meist schnell, sei's beim ersten Kuß oder beim ersten Büstenhalter, beim Abitur oder beim Studienabschluß, bald stellt sich heraus, daß man gerade jetzt wieder entweder zu jung oder zu alt für einen bestimmten Traum ist. Der richtige Augenblick – eine Illusion?

Ohne Zeus und Hermes sterben die alten Ehepaare heutzutage nicht mal mehr gleichzeitig. Die Frauen werden, statistisch gesehen, immer älter, soll heißen, sie leben länger und haben die größere Chance, zu verwitwen. Vermutlich hat die Konvention, die vor allem im 19. Jahrhundert den bürgerlichen Ehepaaren einen Altersunterschied von sieben Jahren diktierte (wie auch meinen Eltern), ähnliche pragmatische Überlegungen als Ursache. Bei einer angenommen gleichen Lebenserwartung sollte unter keinen Umständen ein armer alter Mann allein zurückbleiben. Erinnern wir uns nur an den Witwer King Lear, was der alles falsch gemacht hat. Wenn eine sieben Jahre jüngere Witwe übrigblieb, der war so ein Leben schon zuzumuten. Man denke nur an die Grabpflege. Der Satiriker Petronius sorgte sich um das Schicksal so eines Ehereliktes. Ihr Alter hat er nicht überliefert (Datenschutz?), doch wird diese Witwe von Ephesus uns in den literarischen Adaptionen seit damals (um nur Lessing, Christopher Fry oder den modernen Opernkomponisten Bruno Maderna zu erwähnen) immer als knackig dargestellt, obwohl sie vorher das Sinnbild langwährender ehelicher Liebe abgeben mußte. Diese Trauernde fand ihren Trost auf dem Friedhof, in der Familiengruft, in den kräftigen Armen eines jungen Soldaten. Lese jeder selber nach. Eine Ausnahme von der Regel.

Für die Männer war alles immer einfacher, besonders früher, in der guten alten Zeit. Sie konnten mehrfach das kleine Einmaleins (mal sieben) in Betracht ziehen, denn die Ehefrauen waren häufig so freundlich, im Kindbett zu sterben. Eine Voraussetzung für dauerhaftes Familienglück, denn der ehrbare Witwer durfte legitim mehrmals nach und nach eine junge gebärfähige Frau heiraten, besteigen und schwängern. Die Ehe wurde, hauptsächlich durch die Kirche, als Produktionsgemeinschaft betrachtet. Mit vierzehn, fünfzehn wurden die Töchter schon verschachert, um sie möglichst vielen Schwangerschaften auszusetzen. Wenn umgekehrt eine alte Meisterswitwe und Geschäftserbin einen der jungen Gesellen heiratete, so war das eine reine Firmensache. No sports, no sex, just cash. Die Meisterstöchter heiratete ein anderer, gleichaltriger Geselle und begann so den üblichen Kreislauf.

Aus dem frischen Quell des deutschen Volksliedes sei ein Liedlein über die Aberration vom »Normalen« zitiert, »Nicolai, feiner Almanach«, 16. Jahrhundert, in D-Dur.

Als ich ein jung Geselle war,
  nahm ich ein steinalt Weib;
Ich hatt sie kaum drei Tage, Ti, Ta, Tage,
  da hat's mich schon gereut.
Da ging ich auf den Kirchhof hin und
  bat den lieben Tod:
Ach, lieber Tod von Basel, hol mir meine Alte fort!
Und als ich wieder nach Hause kam,
  meine Alte war schon tot;
Ich spannt die Roß an Wagen und
  fuhr meine Alte fort.

Und als ich auf den Kirchhof kam, das Grab war
schon gemacht.
»Ihr Träger, tragt fein sachte, daß die Alte nicht
erwacht.«
»Scharrt zu, scharrt zu, scharrt immer zu
das alte böse Weib!
Sie hat ihre Lebetage geplagt mein jungen Leib.«
Und als ich wieder nach Hause kam,
warn Tisch und Bett so weit.
Ich wartet kaum drei Tage und nahm mir
ein junges Weib.
Das junge Weibel, das ich nahm, das schlug mich
alle Tag.
»Ach, lieber Tod von Basel, hätt ich meine Alte noch!«

Über den alten Ehemann, dessen Frauen ewig jung blieben, weil er sie ständig austauschte, weiß der zahnluckerte Volksmund kein so schönes Lied zu dieser gängigen Proze-Dur. Was lernt man daraus? Daß nur alte Frauen wirklich alt sind. Gleichaltrige Männer überhaupt nicht. Darum können sie auch über das Thema ganz besonders distanziert und kompetent palavern. Zum Beispiel beschäftigte sich vor einigen Monaten das 25. Marburger Forum Philippinum, ein angesehenes Wissenschaftsgremium, vier Tage lang höchst dankenswert mit dem Thema »Alter und Gesellschaft«. An drei Tagen referierten je drei hochrangige Wissenschaftler, interdisziplinär, nach Adam Riese also neun. Eine Frau

war nicht darunter. Alte Frauen sind einfach zu alt, um in diesen Disput einzutreten. Und junge Frauen? Die haben doch, weiß Gott, etwas anderes zu tun.
Und wenn schon Männer als Alte in unseren Zitatenschätzen gespeichert sind, dann in einem liebenswürdigen und heiteren Zusammenhang: Gott grüß euch, Alter, schmeckt das Pfeifchen? Oder: Der alte Adam. Alter Knabe! Alter Freund und Kupferstecher. Alter Schwede. Alter Sünder. Von Zeit zu Zeit seh ich den Alten gern! Das Augenzwinkern höre ich in solcher Spruchweisheit, die mit dem ewigen Leben gesegnet ist. Zu meinem Geschlecht fand ich nur das Stichwort »Altweibergewäsch«. Die ewige Ableitung in der weiblichen Linie, die Funktionärin im Dienste des Patriarchats, findet Erwähnung als Tochter, Frau oder Mutter. Oma nicht zu vergessen.
Wen wundert's, daß gerade die intellektuellen Frauen sich in die Klöster verzogen, als Nonnen, Äbtissinnen. Erst spät habe ich den Sinn solcher Karrieren erkannt. Daß dieser Schritt bei bewußten Frauen auch ein Schritt in die Autonomie war, weiß ich noch nicht lang. Eskapismus aus der Sklaverei in der Familie. Bezahlt zwar durch ein keusches Leben. Aber mit vielen Möglichkeiten der spirituellen Selbstverwirklichung. Gegenfrage: Auf was mußten sie denn verzichten? Wie mag das Lustleben mit einem verordneten Ehemann, vielleicht steinalt, gewesen sein; mit einem Schwulen, wie es die Lieselotte von der Pfalz erlebt hat; mit einem, der den

Keuschheitsgürtel schmieden ließ, ehe er auf Kreuzzug fuhr. Oder mit einem, der nur die Selbstbefriedigung in der Muschel seiner Frau suchte? Die vielfältige, von der Kirche nicht abgesegnete glühende Liebeslyrik der Weltliteratur – eine einzige Sublimierung? Nicht gelebtes Leben? Eine Utopie, das je eigene Leben des Künstlers, der Dichterin nicht betreffend?
Aber kommen wir zurück zum Fall Romeo und Julia. Die »natürliche« Partnerwahl, gleich zu gleich gesellt sich gern. Nachbars Töchterlein oder das Girl aus dem Englischkurs, der Sohn vom Doktor. Heute probieren die jungen Leute gehörig herum. Man läßt sie. Sie können sich gegen Krankheit und Schwangerschaft schützen, wenn sie wollen. Und was sie vor der Bindung erfahren haben, das kommt der späteren Ehe zugute, muß nicht als nachgeholtes Experiment die neue Lebenslage belasten. Vernünftige Eltern sehen dies alles nicht ungern, gönnen ihren Jungen die Schonzeit, im Hinblick auf eine Ehe, die ja immer noch lang genug dauert, selbst wenn sie nur eine kurze ist. (Früher sprach man vom »Verflixten siebten Jahr«, das angeblich die entscheidenden Pannen produziere. Neue Untersuchungen geben den Anfängern nur noch vier glückliche Ehejahre. Eine brandneue Studie unterbietet alle Zahlen: Nur noch 1,7 Jahre lang könne so eine Art Gleichgewicht der Lust in der Ehe gehalten werden, behaupten andere Wissenschaftler.) Und plötzlich müssen die Erwachsenen sehen: Unsere Kinder, die meinen es ja schon ernst.

Manche sind gerührt, manche entsetzt, das ist vom jeweiligen Aufklärungsniveau abhängig. Sollte es für viele Junge die einzige drastische Möglichkeit einer Abnabelung vom klebrigen Elternhaus sein? Oder ist es, viel einfacher, nur der Wunsch, die neuentdeckte Sexualität Tag und Nacht und ohne Zeugen, erst recht ohne Sanktionen auszuleben bis zur Heirat. Zukunftsperspektive: gemeinsames Heim, gemeinsames Bett, gemeinsames Kind, gemeinsames Automobil, gemeinsames Bankkonto. Gemeinsam auf die Seychellen und ins Rockkonzert (mit Kind im Rucksack). Da gibt es Momente der überwältigenden Rührung. Schau, Menschen mit einer humanen Utopie!

Aber ich gestehe, wenn ich solch ein junges Brautpaar sehe, *sie* unendlich aufgedonnert (denn die Töchter gibt Mutti immer noch lieber her als die Söhne und läßt es sich etwas kosten), *er* verlegen schultergeklopft von seinen Kumpels, dann muß ich mit den Tränen kämpfen. Zu früh! möchte ich schreien. Ihr gebt zu früh eure Freiheit weg und werdet es bereuen, so wie ich meine Kinderehe (wegen eines Kindes) bereut habe. Wie mein gleichaltriger Partner natürlich auch. Welche Startschwierigkeiten verursachte dieser falsche Zeitpunkt allen Beteiligten; wie müssen solche frühen Kinder, die nicht mal Wunschkinder waren, das noch als Erwachsene ausbaden.

Die Frühgetrauten hoffen, nun hätten sie die Generation ihrer Eltern und Chefs eingeholt. Noch dazu besser, moderner, ohne die alten Fehler, unter denen sie (wir alle) zu Hause immer gelitten haben. Aber sie spielen nur die Erwachsenen, nach den einschlägigen Modellen. Die Zwänge holen sie ein, wie jeden von uns. Keiner billigt ihnen dann mildernde Umstände zu, wenn's drauf ankommt. (Wenn sie zum erstenmal Schiffbruch erlitten haben, beim Gerichtsvollzieher, beim Scheidungsrichter, beim Sozialamt. Oder, der miserabelste Fall – unter Mordanklage.) Dann wirft man ihnen die Autonomie zurück. Sie kommt wie ein Bumerang auf die Jung-Unternehmer zu. Aber ihre Hand ist noch nicht sicher genug, um ihn aufzufangen, und er richtet sich als Waffe gegen ihre unreifen Köpfe. Und häufig auch noch unter Schadenfreude des voyeuristischen Publikums.

Die Eltern sind auch dann nicht bereit, von ihren Sockeln herunterzusteigen. Das Äußerste, was sie tun: Sie greifen zum Scheck, um den Konkurs nach außen vertuschen zu helfen. Noch zahlen die jungen Frauen meistens die Zeche, wenn auch die Männer heute mehr Bares auf den Tisch legen müssen als zu meiner Zeit, wo ich gar (als Emanzipierte, 24) auf Apanage freiwillig verzichtet habe. Ich dachte, mein junger, gleichaltriger Ehemann solle doch nicht bis zum bitteren Ende bezahlen für eine Sache, an der wir gleichermaßen »schuldig« (!) waren. Denn daß ich mich mit meinen achtzehn schuldig gemacht hatte, das erklärte mir auch mein liebender Vater mit schroffer Deutlichkeit. (»Schwanger kommst du mir an Weihnachten nicht ins Haus!«) Er muß furchtbar eifersüchtig gewesen sein auf den jungen Liebhaber, von dem er annahm, er sei der erste gewesen; unsere Liebesbeziehung erholte sich von diesem »Eklat« nicht mehr. Hatte er doch sogar diese Ehe bei großer Selbstverleugnung selbst gestiftet.

»Sie sind doch ein Ehrenmann« griff er den unwilligen Ehekandidaten und unfreiwilligen Kindsvater am Schlawittchen. Und ich hatte auch nicht die Kraft, mich zu wehren bei diesen Ereignissen, die wie eine Naturgewalt über mich hereingebrochen waren. Übrigens hatte meine Mutter Waschtag angesetzt für dieses ungeliebte Datum. Mein Frisch-Angetrauter ging mit ein paar Kumpanen allein zum Saufen. Und ich saß zu Hause (bei meinen Eltern wohlgemerkt) und heulte wie die dümmste Gans in der Trivialliteratur.

Der Wechsel auf die Zukunft kann von vielen harmoniewilligen jungen Paaren nicht mehr eingelöst werden. Und solange die Lebensführung, das heißt expressis verbis: die Haushaltsorganisation nicht gemeinsam mit den Männern geregelt wird, können die jungen Frauen den zweiten, den Spätstart nur selten verkraften. Das Nachholen von autonomem Leben mißlingt oft als Zukunftsvision, doch müßte dann wenigstens die Freiheit der späten Jahre öfter und bewußt anvisiert werden. Solche Zukunftsperspektiven sind keine Treulosigkeit gegen den Jetzt-Zustand. Schon gar nicht gegen das eigene Leben.

Und die Gegenbeispiele, wo so etwas »gut«geht, wo es zur Lebensaufgabe der Frau geworden ist, seine Karriere und die der (männlichen) Kinder aus dem Hintergrund abzustützen, ist damit alles gewonnen? Zum Trost Einladungen »...und Gattin«, bei Todesanzeigen »Schreinermeisterwitwe« als Berufsbezeichnung oder Identitätsnachweis. Und dabei bleibt doch immer noch die Angst, sitzengelassen zu werden. Trostreich bleiben auch die Illusionen, von den Frauenzeitschriften abgestützt, man könne durch schöngedeckten Tisch, eine überraschend eisgekühlte Flasche Champagner und raffinierte Unterwäsche die abgekühlte Ehe revitalisieren! Die Frauen, die immer nur angstvoll reagieren müssen, obwohl es ihnen ja selbst auch schon fad ist, wenn sie sich Ehrlichkeit erlauben. Diese Angst – vor allem, wenn sie verdrängt wird – führt in vielen Fällen in eine tiefe Depression.

Er braucht keine Ratschläge aus den Nachrichtenmagazinen, die er liest, *er* macht Karriere und weiß sich auch sonst zu helfen, hat längst die (nun) jüngere Nachfolgerin im Aktenschrank. Und *sie?* Mit wem tröstet sie sich? Richtig, mit dem Älteren. Aber nur, wenn sie noch im gebärfähigen Alter ist. Das heißt: nicht »zu alt«.

Dieser Dr. Ignaz Semmelweis aus Ungarn hat den Männern einen Tort angetan, durch die Bekämpfung des Kindbettfiebers. Keine stirbt mehr im Wochenbett! Die Gelangweilten müssen sich seit damals ihre gleichaltrigen Frauen, die nach männlicher Kalkulation irgendwann allein vor sich hin vergreisen (nur sieben Jahre jünger!), selbst vom Halse schaffen. Der Austausch wird

nun nicht mehr der Medizin überlassen, sondern einer anderen Fakultät anvertraut, der juristischen. Eine willkürliche Angelegenheit, wenn man bedenkt, daß immer noch mehr Anwälte und vor allem Richter Männer sind. (In diesem Zusammenhang sei ein Seitenhieb erlaubt auf die Jurisdiktion um den § 218, für den sich die Männer noch immer als einzig zuständig erklären.)
Daß dennoch zunehmend angeödete und verletzte Frauen freiwillig aus ihren gutdotierten Schmuseecken wegstreben (51 Prozent), können die (älteren) Männer gar nicht glauben. Bei aller faktischen Erleichterung möchten sie von den Verlassenden, die sie längst vorher schon innerlich verabschiedet haben, doch auch ein wenig betrauert werden. Ein bißchen mehr Verlustanzeige über das verlorene Paradies dürft' schon sein! (Ich meine natürlich bei den Frauen.) (Denken sich die Männer.)
Die Frauen überlegen sich nach dem ersten Fiasko heute meist länger, ob sie einen zweiten Versuch wagen sollen. Die Gesellschaft erlaubt jetzt immerhin auch alleinerziehenden Müttern und weiblichen Singles ein adäquates Leben, je nach ihren Einkünften. Die Frauen blicken um sich und treffen erst mal ihre Schwestern, die das auch schon wissen, und können meist schnell ein Vertrauensverhältnis herstellen. Sie suchen, im Gegensatz zu den Männern, die Aussprache, weil das Aussprechen einer Aufarbeitung vorausgehen muß. Ohne eine Reflexion wird der nächste Versuch nämlich nicht

erfolgreicher. Manche wagt den erotischen Versuch mit der Freundin, über den Kopf, was ja gar nicht so schlecht sein kann, da Erotik ja auch vom Kopf gesteuert ist. Manche treibt es mit einem Mann, dann und wann, der nicht zu haben ist, denn logisch, in dem Alter sind alle schon verheiratet. Vielleicht wohnt sie ja auch wirklich gern allein in ihren vier Wänden, was viele noch nie erlebt hatten. Sie versucht alles mögliche, Berufsfortbildung und Altenpflege, einen Leistungskurs in Italienisch oder vielleicht sogar ein kleineres Parteiamt. Was sie sich nicht traut, das ist die reziproke Alterssituation, die so viele alte Männer stolz oder temporär ein bißchen zufrieden macht.
Mit anderen Worten, sie nimmt sich keinen jungen Mann und läßt sich auch nicht von ihm erobern. Obwohl man sich eine gegenseitige Bedarfslage vorstellen könnte. Und daran ist auch das Patriarchat mit seiner sexistischen Ideologie schuld, die, bewußt oder unbewußt, auch heute noch von vielen Frauen übernommen wird. Sie internalisieren tatsächlich das Verdikt der Werbewirtschaft (Wachstumsbranche), die zum Beispiel im Vorabendprogramm in den Medien nur Frauen im Alter von vierzehn bis neunundvierzig ansprechen wollen. Und so trauen sie sich nichts zu, wenn nicht mal eine anständige Kaffeesorte, eine neue Packerlsuppe oder eine garantiert erfolgreiche Kosmetikserie von ihnen gekauft werden will. Die Werbung will nichts von ihr wissen (Diese sprachliche Wendung

lasse man sich auf der Zunge zergehn!), dabei ist ja die Witwe vor der Jahrtausendwende bekanntlich nicht unvermögend! Und sie wüßte, wo sie investieren könnte. Das bringt sie um einen schönen Sonnenuntergang am belebten Abendhimmel. Sind doch die jungen Männer noch nicht so deformiert durch ein angepaßtes Leben unter Leistungsdruck, was das Patriarchat unerbittlich von seinen gehorsamen Söhnen fordert. Und die jungen Männer könnten entsprechend vorbereitet viel leichter (nach einem erquickenden Nachtschlaf und optimistischen Träumen) zu einem kraftvollen Start in den neuen Morgen des reifen Lebens starten, nun mit einem Gewächs aus dem gleichen Mistbeet. Welch effektives Konspirationsprogramm. Eine echte Anstatt-Liste. Aber die alten Männer wollen als politische Trendsetter und als Herren der öffentlichen Meinungsbildung nicht die Kontrolle verlieren über die Weibchen und die jungen Männchen. Wie bei den Gorillas. Sie sind die Herren der öffentlichen Meinungen auf allen Feldern. Sie kaufen sich als Witwer meist überstürzt wieder eine Ehefrau. Denn für die Delegation der niederen Dienste im Alltag ist ihnen keine Investition zu hoch. Der Preis sind sie selbst. Und die einzelnen Frauen, quer durch die Lebensalter, bewerben sich.

Sollten wir alten Frauen und ihr jungen Männer nicht viel öfter diesen atavistischen Konventionen ein Schnippchen schlagen, einfach ein Neues Zeitalter eröffnen? Schlimmer als bisher kann es keinesfalls werden.

Wie wär's, wenn wir – kreativ, wie wir sind – uns ganz neue Situationen ausdächten, die wir einfach als »normal« ausgäben. So unterhaltsame, wie sie Hollywood einst auf den Markt geworfen hat. Erinnern Sie sich: »Harold and Maude«? Bloß, ihr guten Filmemacher: Sterben will ich nicht, um meinen jungen Mann zu erlösen, auch von mir zu erlösen. Das is Kintopp. Nicht das wirkliche Leben. Uns fallen heute, im Zeitalter der Game-Show, ganz andere Lösungen ein.

4 Lulu war ich nie

oder: Was Frauen über das Kindweib denken

Lulu, das Kindweib. Die Ausflucht des erwachsenen Mannes aus dem Inzestverbot? Vor allem sei sie klein, die Liebste sein. Jung und unwissend. Und – natürlich – noch total verkorkt, verschlossen, jungfräulich, dann hat sie nämlich keine Vergleichsmöglichkeiten und muß annehmen, so, wie der alte Mann (der Vater) ihr die Sexualität vorführe, so habe sie der liebe Gott gemacht. Auch er ein alter Mann.

Das suggeriert gleichzeitig Stabilität und Kontinuität für eine, die überhaupt noch gar nix weiß. Vor allem, wenn man ihr grundsätzlich ein bißchen Angst vor der Zukunft macht. Am besten soll alles so bleiben, wie es jetzt ist: der Vati groß, das Töchterchen klein, und wenn sie nicht gestorben sind, dann leben sie noch heute so, geil, geborgen und glücklich. Stillstand, dein Name ist »Jetzt«.

Früh wurde das kleine Mädchen von beiden Geschlechtern in die Unterwerfung eingeübt: Sei schön und halt den Mund. Artig sein! Im Grimmschen Wörterbuch: Artig – »heute drückt es uns aus geschickt, hübsch, manierlich, niedlich, zierlich, elegant. Zitat von Lessing ›Grosz willst du und auch artig sein? – Marull, was artig ist, ist klein‹.« Außer der Anatomie sollte beim Kindweib nichts wachsen, erwachsen. Die Künstler der Jahrhundertwende erfanden stellvertretend für die Gelüste ihrer bürgerlichen Kumpane immer neue Kindfrauen: Undinen, Pipas, Ophelien, Salomen, und die bestsellerische Lolita nicht zu vergessen, die der amerikanische Schriftsteller Nabokov angeblich nur als kleine Größe für einen literarischen Labortest erfunden hat. Lauter frühreife Gören, aber reif nur an einer Stelle. Ihre Lust muß in ihrem kleinen Körper so erwachsen sein wie bei einem Löwenweib, reif und triefend. Denn nur dann können die Männer ihr den Schwarzen Peter der Eigenverantwortung zuschieben, wenn sie abschüssig rutschen: Dämon sei sie, Mythos der Fleischeslust, unersättlich oder unersättlich passiv, was schließlich das gleiche ist – unersättlich jedenfalls, so daß die Männer einfach nicht anders können, als ihr zu verfallen. Ihr zu gefallen brauchten sie natürlich nicht, denn wo steht denn, daß der Über-Mächtige, der alte Mann, auch noch Begehren bei der Partnerin hervorrufen müsse. Um seine Angst zu bekämpfen (Angst, daß es nicht mehr lange so weitergehen könne), muß er natürlich die Angst weitergeben, die Angst vor der erwachsenen Frau. Die Kindfrau weiß noch nichts, ist gelehrig und bringt, was von ihr erwartet wird: Dankbarkeit. Wenigstens anfangs. Darum muß der Anfang perpetuiert werden, denkt der alte Mann. Daran stirbt er manchmal. Am Herzschlag.

»Lulu«, eine Projektion der Männer, Inzest nicht ausgeschlossen. In so einem Stück ist kein Platz für Mütter oder für Kinder. Nur eine Lesbierin hat der Dichter Wedekind in diesem bürgerlichen Theaterkosmos noch zugelassen. Aber keine humane Beziehung darf sich zwischen den beiden Frauen entwickeln, nur Unglück und Elend und Denunziation einer erwachsenen Liebe. Anomal, höchst anomal. Das kann, das darf doch nicht gutgehen, nicht mal auf der Bühne. Kindfrauen lassen sich lieben, sie lieben nicht selber. Und das ist deshalb wichtig, weil der erwachsene Mann vor weiblicher Liebe flieht. Nicht vor dem leidenschaftlichen Augenblick, der von der Partnerin mitgetragen werden soll. Nein, vor dem Gefühlskontinuum auf Siedehitze. Der Durchschnittsmann findet in der Körpertemperatur (36,8 Grad, das reicht) die angemessene Wärme. Liebe, die fordert, kann er nicht vertragen, nicht mal im Bett, die nervt ihn. Der Herr Eroberer, der die Modalitäten selbst bestimmen will, in jeder Lebenslage, ist ein Antidemokrat, auch im Bett.
Warum um alles in der Welt haben die Töchter so lange dieses Spiel mitgespielt, spielen es heute noch? Warum glückt es den Opas immer wieder bei den noch nicht Ent-Wickelten, auch wenn sie selbst kaum noch etwas abzuwickeln haben. Ich sage nur Papandreou! Hat ein alter Mann es leichter mit seinen Potenzproblemen, wenn er sich sein Cannae im eigenen Haus bereitet, noch intimer: im eigenen Bett? Merken die Kahlköpfe

nicht, wie schnell die Stunde des heimlichen Triumphes für die jungen Dinger kommt, die beobachten können, wie sich das Gleichgewicht der Kräfte täglich/nächtlich zu ihren Gunsten verschiebt? Eine Machtübernahme in der Horizontalen, deren Höhepunkt am Grabesrand abzusehen ist. Spielen die zur jungen Witwe avancierten Kindfrauen das Spiel deshalb oft so verbissen, bis über den Tod hinaus? Nibelungentreue, weiblich, oder Gustav Adolfs Page, mitteleuropäisch? Oder wollen sie auch nur ihr Mütchen kühlen, endlich, nach der finalen Erbschaft, als Kontoinhaberinnen? Eigentlich könnten sie sich ja getrauen, nachdem sie ihre jugendlichen Pflichten absolviert haben, ihr eigenes Leben fortzuschreiben; nach dem an der faltigen Hand des Gatten absolvierten Studium könnten sie neu beginnen, müßten nicht in der eingeübten Demutshaltung (oder mit Dämonsgestus) verharren. Aber der Dienst am Erblasser treibt sie ständig in die alten Gleise. Die staunende Mitwelt kann das immer genauer beobachten, je prominenter der teure Verblichene war. Auch hier: das luxuriöse Überleben nicht als endlich erreichte Freiheit eines gereiften Individuums, sondern wieder in der Funktion der Exfrau. Diese Rolle, einmal angenommen, verpflichtet zur ehernen Dauer. Die Gattin als Epitaph darf sich nicht verändern, auch nicht optisch. Alles bleibt wie vorher, bis hinein in die Wechseljahre. Der Partner, der die junge Frau so alt gemacht hat, ist tot. Nun muß sie diejenige bleiben, die sie immer war. Äußere Umrisse, die

Haarfarbe, der kleine Busen, ehemals Insignien der Initiation, müssen noch erkennbar bleiben. Als wenn der tote Bonhomme aus dem Jenseits mit dem Fernglas noch Kontrolle ausüben könnte. Dafür nehmen sie alle möglichen Strapazen auf sich, die lebenslangen Barbiepuppen: Bulimie und Kosmetikterror, Liften und Straffen und Bewegungswahn, damit sie nur nicht wie erwachsene Frauen aussehen. Wer als Lulu seinen Weg begonnen, der will auch als Lulu ins Grab steigen. Ihre Psyche bleibt unberührt. Getraut sich nicht in die Strudel autonomen Denkens. Haut nicht mal tüchtig auf die Pauke. Bleibt artig.

Über sich selbst bestimmen, als eigenständige Person mit einer Vergangenheit und einer Zukunft an die Öffentlichkeit treten, das verbietet solchen gealterten Lulus die Pietät. Arbeiten, an sich arbeiten? Nein, das hat man ja Gott sei Dank nicht nötig. Dann schon eher esoterische Prophezeiungen, Schicksalspendel und I-Ging in Gang setzen und das Horoskop in der Boulevardpresse zur Maxime erheben. Die Verantwortung für das Selbst abschieben und sich dadurch immer weiter vom Selbst entfernen. Schließlich als selbst-lose (ein böses Wort) Alte mit rosa Löckchen in den Fängen einer streng blutsverwandten Erbenmeute zu enden, das ist ein Fernziel!

Die Prägung durch meinen liebenden Vater hat keine Kindfrau aus mir gemacht. Ganz im Gegenteil, ich konnte nicht schnell genug erwachsen werden. Das Image des niedlich plappernden frühreifen Püppchens wollte ich loswerden, sobald ich darüber nachdenken konnte. Kind zu sein erschien mir weniger als Privileg, vielmehr als ein Versprechen, das Leben bald in Besitz zu nehmen. Etwas zu machen aus einer Vorgabe. Mit meinem Pfunde zu wuchern. Ungeduldig wie ich bin, konnte ich die Latenzphase kaum aushalten, obwohl mir mein Vater dafür kein schlechtes Nest geboten hatte. Aber wenn ich etwas sein wollte, was mit ihm im Zusammenhang stand, dann wollte ich nicht eine Funktion sein von ihm (sein geliebtes Töchterchen, sein Kind, seine Ersatzfrau, sein Schneck), nein, ich wollte sein *wie* er. Darauf war ich doch so ungeheuer neugierig! Das Urvertrauen, das er offenbar in mir erweckt hat, gab mir die Stärke, den Wettbewerb aufzunehmen, sozusagen gleich-berechtigt, was natürlich eine Illusion war und – ich erkenne es, je älter ich werde, desto besser – noch immer eine Illusion geblieben ist. Das konnte ich damals natürlich nicht wissen. Mein Selbstbewußtsein, begründet auf die Zuneigung, gepaart mit intellektueller Partnerschaft, die mein Vater und später meine älteren Liebhaber mir vermittelten, machten mich ganz schön blind für die Realität in Hitler-Deutschland und der Nachkriegszeit, was die Chancen der weiblichen deutschen Volksgenossen anbelangte. Und nach dem Krieg, als die armen Soldaten mit ihren Blessuren und in ihren gewendeten Militärmänteln ihren sozialen Platz im Leben wieder einnahmen, da hatten sie doch ein Recht auf Respekt und auf Vortritt im Leben. Mit geradezu törichter Beharrlichkeit startete ich immer wieder Versuche gegen das Patriarchat in Gestalt von Kollegen, Chefredakteuren, Verlagslektoren, Fraktionsvorsitzenden, Bankkassierern, Frauenärzten (!), Polizisten, Hausbesitzern. Mein Starrsinn gab mir eine wahrhaft manische Hoffnung. Ich war nicht mal deprimiert.

Erst heute, wo es mir so gut geht wie noch nie in meinem Leben, überfällt mich manchmal die Trauer und die Erinnerung an die Kette von Niederlagen, die ich als junge Frau und Mutter einstecken mußte. Welche Verdrängungsarbeit in all den Jahren.

Viel skeptischer war ich von Anfang an über meine Karriere als Liebhaberin. Da fehlte mir die Siegessicherheit, die mir meine Mutter nicht zugestand und auch nicht vorlebte. Stark war sie, aber sie hatte nur das Mittel der Verweigerung, um ihre Stärke auszuleben. Und zum Verweigern habe ich nicht das geringste Talent. Meine Stärke war immer der Austausch, die Gewährung, das Zulassen. »Die Vorleistung«. Aber es hat mich nicht ärmer gemacht, es hat mich gestärkt. Nein, auf den Strich gegangen wie Lulu bin ich nicht, und deshalb fand auch Jack the Ripper keinen Einlaß bei mir. Ein Kind war ich nur für kurze Zeit, und das kam mir noch furchtbar lang vor. Alles trieb mich in die Erwachsenenwelt, auch als ich noch zu jung dafür war. Aber ich glaube dennoch, daß mein Vater mich gut darauf vorbereitet hatte, wenn er mir auch in meiner ersten Krisensituation die Tür wies. Ich war in der Lage, das Persönliche vom Allgemeinen zu trennen, und deshalb konnte ich seine Reden annehmen. Auch da habe ich mich nicht verweigert. Ich habe den Kopf immer hingehalten.

Wie hätte das die Lebensqualität meiner Mutter verbessern können, wenn sie sich seinen Bemühungen – allen – nicht verweigert hätte. Aber sie war psychisch nicht in der Lage, sich seinen Belehrungen, seinen Erklärungen zu unterwerfen. Das ließ ihr Stolz nicht zu. Ich hätte gar keinen, warf sie mir immer vor. Vermutlich trug gerade das zu meinem Glück bei.

Bücher habe ich sie erst lesen sehen, als ihr Mann tot war. Vorher konnte sie nicht. Aber, das darf nicht unerwähnt bleiben, auch den ersten Scheck hat sie erst als Witwe ausgestellt. Vorher durfte sie nicht.

5 Der junge Mann
oder: Auch *ich* in Arkadien

Du milchjunger Knabe,
Wie siehst du mich an?
Was haben deine Augen
Für eine Frage getan!

Alle Ratsherrn der Stadt
Und alle Weisen der Welt
Bleiben stumm auf die Frage,
Die deine Augen gestellt!

Ein leeres Schneckenhäusel,
Schau', liegt dort im Gras;
Da halte dein Ohr dran,
Drin brümmelt dir was!

Das ist eins der schönsten Kunstlieder der Romantik von Johannes Brahms, der Text von Gottfried Keller. Der eine war nachweislich schwul, der andere wahrscheinlich. Hier haben sie den jungen Mann auch zum künstlerischen Objekt gemacht. Die alten Griechen, unsere kulturellen Ahnen, sind da immerwährend leuchtendes Beispiel. Sie nahmen sich ganz offen die jungen Knaben, für die Kunst und für die Liebe. Mit ihren Jüngern lagen sie zu Tisch und lehrten sie alles, was sie wußten. Im Dialog sollten sie erwachsen werden und literarisch, aber natürlich lagen sie nur rein platonisch, wie uns das unsere Gymnasiallehrer noch in den dreißiger Jahren versicherten. Der alte Mann und der junge Mann: *Das* war die ideale Paarung. Dieses Modell beherrscht heute noch unsere Gesellschaft zum mindesten in Politik und Wirtschaft. In unseren Köpfen thront es, und wie fest die Psyche der Männer noch in den Klauen dieses Vorbilds ist, können Frauen sehr schwer nachvollziehen. Höchstens ahnen.

Natürlich waren noch ein paar Eierstöcke für die Fortpflanzung der ollen Hellenen nötig. Denn auch dieses tapfere Kriegervolk wollte ja nicht aussterben, wenigstens nicht, bevor es sich in jeder Generation neu blutigen Nachruhm zusammengestorben hatte. (Legibus obsequimur ...) Aber diese Ehefrauen und Mütter waren nur Gebärmaschinen, sonst nicht der Rede wert. Allenfalls, wenn sie nach einem allbekannten Seitensprung zur Abwechslung mal einen kleinen Halbgott im Sortiment ihrer Kinder hatten. Was hätte da unsereiner als humanistisch gebildete höhere Tochter für eine Zukunftsperspektive entwickeln können? Als herausragende Frauenbilder wurden uns ja nur ein paar Göttinnen überliefert: die ewig maulende Ehefrau Hera, die Kopfgeburt Pallas Athene und die schöne Venus von Milo. Aber die hatte ja nicht mal Arme, wenn auch einen

weltbekannten schönen Hintern. Mein Vater hatte mir schon früh das altgriechische Wort dafür beigebracht.
Man hätte in seinen Mädchenträumen auch Amazone werden können. So eine stand lebensgroß in Gips im Treppenhaus unserer Schule, Minifell und nackter Busen. Der größte Jux war alle paar Jahre, ihr einen Büstenhalter anzuziehen, was langwierige Untersuchungen nach sich zog auf dem Direktorat. (Der Leiter dieses Mädchengymnasiums war selbstverständlich ein Mann.) Wenn man nun aber keine Pferde mochte ... Und Penthesileas unglückliche Liebesgeschichte mit ihrem Achill machte auch keinen Appetit auf eine kavalleristische Lebensführung. Seine Achillesferse war in Wirklichkeit doch sein Liebling Patroklus. Keine ernstzunehmende Absicht, jemals mit einer Amazone aufs Standesamt zu gehen. Hektorn schleifte er rund um die Burg; offenbar ging ihm dessen laut demonstrierter Familiensinn auf den Wecker. Misogyner Held, der er war, nervte ihn alles, außer Kriegspielen. Das wurde dann sogar dem Männergott Apollo zuviel. Er erlaubte einem der wenigen romantischen Stars der Antike, Prinz Paris, ihn abzuschießen.
Mit wem sich also identifizieren in der Pubertät? Als Backfisch, wie das damals so drollig hieß. (Ein Back-Fisch, das war ein Fisch, den der Fischer ins Meer zurückschmiß, back, weil er noch zu klein war.) Identifikation mit der eigenen Mutter zum Beispiel, das ist weit verbreitet. In meinem Fall war das ausgeschlossen.

Mit Greta Garbo? Das ging nicht, weil ich bekanntlich nicht schön war, nicht mal so schön wie meine Mutter. Dann gab es noch diese Elsa Brandström. Aber bei ihr vermutete man immer unelegantes Schuhwerk, und außerdem hätte man selbstlos sein müssen, sich selbst loswerden, wo man sich doch noch kaum selbst gefunden hatte. Was blieb also? Die Vatifigur. Ich wurde eine phallische Frau.

Nach Jahren der Wanderschaft mal mit, mal ohne Wandergesellen wurde ich gegen Ende meines Lebens Witwe, natürlich eine phallische Witwe. Gibt es sowas denn? Klar. Der milchjunge Knabe hat mich gerade so gesucht und gefunden. Beste antike Tradition! Das halten meine schwulen Freunde, die sich sonst gern mit mir schmücken, doch für ein wenig übertrieben. Sie schauen selbst begehrlich auf den jungen Mann und sind zu der Überzeugung gekommen, an eine alte *Frau* sei so ein milchjunger Knabe verschenkt. Ja, ein Geschenk, aber ein gegenseitiges. Und beileibe keine romantische Liebesgeschichte. Was sollten wir beide denn damit – er, der noch vor allem ist, und ich, die ich schon alles hinter mich gebracht habe. Ich glaube nun mal, daß der Mensch nur ein gewisses Potential an Gefühlen mitgekriegt hat. Der eine verbraucht es in einem stabilen Dauerstreß wie Philemon und Baucis, der andere mehr scheibchenweise, so wie ich. Manchmal darf es noch ein bißchen mehr sein, eine Zuwaag, wie die Bayern sagen. Aber großes Pathos, der Stoff, aus dem die Tragödien sind, das gibt es in meinem Theater nicht mehr. Kein Blut, keine Tränen. Ich nenne das immer »Generalprobe«, wenn ich mit dem jungen Mann auf allen Ebenen kommuniziere, die Vorstufe zum Theater-Spiel. Die Gelegenheit zum Probieren ist der Pfad zur Perfektion, aber noch lange vor dem Ziel. An Naturtalente glaube ich nicht. Auf keinem Level. In der Generalprobe ist noch fast alles möglich, der Prozeß ist nicht wirklich abgeschlossen. Man kann noch kürzen und erweitern, umbesetzen und variieren. Die Utopie, das ist die Premiere, auf die alle zufiebern. Der Eintritt in eine neue Qualität, auch vor den Augen einer Öffentlichkeit. Aber im Proben-Stadium kann man notfalls auch alles noch einmal verschieben. Ich fiebere nicht mehr. Lampenfieber gehört zu einer anderen Lebensphase. Sollte die Premiere eines Abends angezeigt sein und stattfinden, dann gehöre ich bestimmt nicht auf die Bühne. Mein Platz ist im Zuschauerraum. Ich werde aus dem Parkett zusehen, auch mitgehen bei der oder jener Szene, wenn sie mich berührt. Natürlich nicht ohne scharfen Blick und kritischen Kommentar. Das Theater zu kritisieren, das habe ich ja schließlich gelernt.

Auch bin ich nicht immer dabei, wenn Probe angesagt ist. Der Betrieb kommt ohne Understudies und Zweitbesetzungen nicht aus, um die zukünftige Premiere nicht zu gefährden. Die können sich besser in dem Drama entfalten, wenn der strenge Blick der Originalbesetzung nicht auf ihnen ruht. Der junge Mann muß und will auch mal mit anderen Ensembles probieren, das tut ihm gut, und mir macht es Freude, wenn er dort ehrenhaft abschneidet. (Nicht den Rückweg, versteht sich, solange das nicht nötig ist.) Das gefällt mir. Kritisch wird es nur, wenn er dort die Maßstäbe von unserem Spielplan anlegt. Das ist ungerecht gegen Berufsanfänger, das jüngere Ensemble fällt dagegen ab. Es fehlt ihm die Erfahrung, auch die ganz gewöhnliche Routine. Heute noch. Aber, man kennt das aus der Theatergeschichte: So manche Einspringerin hat durch die Stellvertretung eine lebenslange Karriere begonnen. Viel Glück wünsche ich ihr.

Am Anfang unserer Sozietät war meine Optik eher noch verzerrt durch meinen marktgängigen Blick. Unser Altersunterschied gab sogar mir Zweifel auf. Waren wir am Ende so exotisch wie King-Kong und Jane oder der alte bucklige Lichtenberg mit seiner 13jährigen Maria! »Sprich nicht drüber«, sagte ich zu dem jungen Mann. »Deine Kommilitonen halten dich für meschugge.« Wir genossen unseren Komfort zwar nicht gerade im geheimen – aber wir zeigten uns der Welt auch nicht eindeutig. Sollten die Leute doch glauben, wir seien Mutter und Sohn oder Miß Daisy und ihr Chauffeur. Eine gewisse Unsicherheit mußten wir immer wieder überwinden. Auch wir hatten die Marktgesetze internalisiert.

Es stellte sich aber sehr rasch heraus, daß es jedem Hotelportier völlig gleichgültig war, ob wir ein Doppelzimmer nahmen. Wenn nur wenigstens einer von uns so aussah, als ob er die Rechnung bezahlen könne. Den alten Herrn fragt natürlich kein einziger Mensch, sei er diskret oder indiskret, ob das schöne Kind, das er bei sich hat und das aussieht wie seine Enkelin, seine Tochter sei. Mit einem gewissen Respekt und einem verständnisvollen Augenzwinkern unterstellt man sogar von vorneherein, daß er diese Jungfrau aufgerissen hat. »A Hund is er scho«, heißt das in Bayern, was auch immer einer aufreißt. Aber wir beide als ungewöhnliches Paar sollten uns immer im Dunstkreis der Mutterliebe bewegen, um akzeptabel zu sein, und dann auch gleich noch ein bißchen rührend, weil ja die Mutterliebe eines der höchsten moralischen Güter ist – was vor allem homosexuelle Söhne mit ihrer Mama bezeugen können.

Es war der junge Mann, der eines Tages mit mir in den Semesterferien reiste und folgende Feststellung traf: »Du, höre, was der Herr Papandreou kann, das kannst du noch lang. Warum lügen?! Schließlich sind wir ja generell auch politisch ein Beispiel.« Da merkte ich, daß er mir aus der Seele sprach. Und wir waren fortan geoutet. Eine Kuriosität. Allerdings gab es dazu nur positive Kommentare, wenn überhaupt. Die meisten meiner Freundinnen taten sogar so, als hätten wir einen neuen Kontinent entdeckt. Atlantis oder Kythera oder den Gegenpol, wie eben solche Ländereien heißen, zu denen sich Expeditionen aufmachen. Alle konstatierten jeden-

falls, daß wir ohne Verbrennungen oder Erfrierungen immer wieder glücklich auftauchten. Alle fanden, daß wir wohl aussahen. Nur, daß wir immer mal wieder ein bißchen zugenommen hätten, weil das gute Leben einen gerade dann, wenn man zu zweit ist, den stärksten leiblichen Versuchungen aussetzt.
Sagte ich »alle«? Das stimmt nicht. Ich hatte mir ja, seit ich allein geblieben war, gelegentlich die Zeit vertrieben mit Männern meines Alters. Es waren lockere Fäden, die man aufnahm. Die Regeln der kleinen Spiele wurden ausgehandelt und eingehalten. Diese Männer wußten voneinander oder ahnten zum mindesten, daß sie nicht meine einzigen Besucher waren. Sie forderten geradezu, daß ich mir in ihrer Abwesenheit Kurzweil suchte, weil sie natürlich keinesfalls die Verantwortung für meine Alleinunterhaltung übernehmen wollten.
Steckten sie doch selbst in familiären Zwängen, die nicht immer so tolerant und rücksichtsvoll ausgeübt werden wie von einer entfernten Geliebten, die noch dazu sehr mit ihrem eigenen Leben beschäftigt ist. Monogamie war kein Thema. Geld auch nicht. Persönliche Freiheit wurde vorausgesetzt.
Auch diesen freundlichen älteren Herrn blieb die Existenz des jungen Mannes keineswegs verborgen. Vor allem beobachteten sie unter Zuhilfenahme der Fernbrille die Kontinuität dieser unmöglichen Verbindung – nämlich länger als drei Jahre. Das brachte sie zum Verstummen. Dann und wann ließen wir ihnen ein buntes

Kärtchen auf die Schreibtische flattern. Denn Reisen, das war die Hälfte unseres Lebens. Beide waren wir in der Lage, über unsere Freizeit ziemlich autonom zu verfügen, und so machte ich mich mit dem jungen Mann immer wieder auf, um die Länder zu sehen, die ich noch nicht kannte. Oder um auf meine Lieblingsgegenden den bewußten zweiten Blick zu werfen. Ich muß gestehen, die treibende Kraft war ich, denn was die fremden Welten anbelangt, da habe ich eine Art Torschlußpanik. Natürlich ist die Leiblichkeit einer Siebzigjährigen pannenanfällig. Die peinvollen Begleitumstände, denen der Tourist heute in fast allen Ländern ausgesetzt ist, treffen sie nachhaltiger. Bilde ich mir wenigstens ein. So bereiste ich vielleicht ein wenig kurzatmig mit dem jungen Mann ein paar komplizierte Ziele, die ich mir allein oder mit einer anderen Frau nicht mehr so recht zugetraut hätte. Eine Bootsfahrt auf französischen Kanälen mit ihren altmodischen Schleusen, eine Zugfahrt mit der Transsibirischen Eisenbahn und ihrer meditativen Eintönigkeit, eine Stipvisite auf Galapagos, die wir von Guayaquil aus mit der altmodischen Andenbahn beendeten. Oder eine Privatreise nach Japan, ohne jede Reisegruppe. In der Fremde entpuppten wir uns als gutes Team, wo wir doch eigentlich gar nicht gewohnt waren, vierundzwanzig Stunden des Tages miteinander zu verbringen oder jede Nacht beieinander zu liegen. Gelegentlich mutierte ich zum Kind, der junge Mann riß die Vaterautorität an sich und übernahm die Verantwortung, was unserer Beziehung eine Variante hinzufügte, die wir beide genossen haben und immer noch genießen. Was heißt da chronologisches Alter? Diese Unternehmungen sahen die Exliebhaber mit gerunzelter Stirn. Und verstummten. »No comment«. Etwa so, wie sich manche Zeitgenossen das Schild »Keine Werbung« an den Briefkasten heften. Wenn ich Zeit habe, daran zu denken, verschafft mir das eine gewisse Genugtuung, das muß ich gestehn. Als Alte den Spieß umzudrehen, macht Spaß. Ich will nun nicht statt Lulu für die beßren ältern Herrn einen kleinen Louis für die vitalen älteren Damen kreieren. Ich brauche nicht die Kategorie »Kindmann.« Kurze Hosen sind keine Gewähr für schöne Stunden und auch kein Stimulanz wie etwa heiße Höschen für meine ehrwürdigen Kollegen. Aber solche Verschränkungen und Verbindungen sollen auch in dieser Kombination ohne Diffamierung möglich sein. Das ist's, wofür ich plädiere. Es sind ja zwei Individuen, die sich miteinander auf den Weg machen, nicht zwei Klischees. Das Alter ist, wie offenbar auch bei Herrn Papandreou, sekundär.

Ich bin nicht in eine Generation von Turnschuhträgern eingetreten, sondern ich bin angezogen von einem jungen Mann, obwohl er Turnschuhe trägt. Dabei helfe ich ihm, so gut ich kann, erwachsen zu werden. Er soll nicht juvenil bleiben und dadurch von den Erkenntnissen des reifen Menschen ausgeschlossen sein. Und ich habe die Chance, Informationen aus dem Kreis der Nachgeborenen entgegenzunehmen, was den meisten Eltern von den eigenen Kindern so unendlich schwer fällt. Die Wahlverwandtschaft ist allemal glaubwürdiger. Auch zwischen uns soll nichts bleiben, wie es vor drei Jahren war, festgemauert in der Erden. Ich bin viel zu neugierig, was sein könnte, wenn sich bei jedem von uns – und bei uns als Paar – etwas verändert. Das Risiko trage zunächst ich. Aber er auch. Überschaue ich doch nach einer so langen Lebenszeit wie der alte Goethe in »Dichtung und Wahrheit« die Variationsbreite der Generationenabfolge, die freilich heutzutage just vor der Jahrtausendwende zu galoppieren scheint. Oder kommt es mir bloß so vor, weil ich alles jetzt etwas gemächlicher nehme? »... ein jeder, nur zehn Jahre früher oder später geboren, dürfte, was seine eigene Bildung und die Wirkung nach außen betrifft, ein ganz anderer geworden sein.« Ich, im Kostüm von 1913, Kindheit bei Kaiser Wilhelm und seinem verlorenen Ersten Weltkrieg, wäre schon eine andere Person geworden, zum mindesten eine Variante von mir, allein schon deshalb, weil mein Vater als Soldat und Vaterlandsverteidiger mich sehr selten gesehen hätte. Oder zum Beispiel zehn Jahre nach meinem Geburtsjahr, also 1933. Bei Kriegsausbruch eine Kindheit mit Fliegeralarm, Kinderlandverschickung fürs Überleben; Schwarzmarktgeschäfte als Teenager, nach der Befreiung, und der unwiderstehliche transatlantische Sog, der an meinem wirklichen Leben eher vorbeigerauscht ist.

Der Mensch ist ein Kosmos. Es geht ihm am besten, wenn er sich dessen bewußt ist. Das muß er erst lernen. Dabei kann einem auch schwindelig werden. Das Gelernte kann man erst annehmen, wenn man zu sich gefunden hat. »Werde, was du bist« sagen die weisen Inder. Wenn man seine Identität gefunden hat, gibt es kein Kompetenzgerangel zwischen vorgefundenen und selbst erarbeiteten Erkenntnissen. Dankbar setzt der Gereifte jeden Puzzlestein in sein Gesamtbild. Aber ohne die Vorlage geht nichts, oder es braucht furchtbar viel Zeit. Und nur mit einer grenzenlosen Anstrengung, wodurch alle Kräfte gebunden werden. Doch ist das Leben so reich, daß man nicht nur an einer Stelle investieren will. Ich bin mir dessen bewußt, meiner selbst bewußt, das gibt mir eine gewisse Gelassenheit, macht den Umgang mit mir recht komfortabel für den jungen Mann. (Wird allerdings durch meine angeborene Ungeduld gelegentlich aufgehoben.) Aber kein Prestigedenken verzerrt unsere Gespräche; keine eingebildete Konkurrenz kompliziert die Kommunikation. Er weiß hingegen noch nicht so genau, mit wem er es bei *sich* zu tun hat, dann kommt er sich selbst abhanden. Das peinigt ihn. Ich kann ihm dabei nicht helfen. Identität, dieses wesentliche Lernziel, wurde in seinem behüteten Elternhaus vor ihm verborgen gehalten. Dabei ist das wichtiger, als sich noch so viele akademische Weisheiten und praktische Fähigkeiten mit dem staatlichen Gütesiegel anzueignen. Wenn er sich selbst erst gefunden haben wird, dann bleiben die Inhalte und Formen, die er studiert, wie von selbst bei ihm. Das Erlernbare haben seine Eltern überschätzt, wie alle bürgerlichen Familien, die nur auf die Aneignung von Bildungsgut und Eßmanieren setzen. Nur keine übertriebene »Nabelschau«, heißt es dann in diesen Kreisen. Examina statt Analyse – das soll in den Augen vieler, oft auch akademisch gebildeter Eltern, den Lebensweg bestimmen, Anpassung statt Individualisierung.

So stolperte auch dieser junge Mann seinen Schulweg entlang, ohne größere Blessuren, fand eine Ausbildungsstätte nach seinem Gusto. Gelegentlich sucht er als sensibler Graugänserich noch heute einen Konrad Lorenz, gelegentlich als wandernder »Anton Reiser« einen Karl Philipp Moritz. Aber sich selbst begegnet er gar nicht so oft. Er schwamm noch lange im Unbewußten und im Wunschdenken. Oft allein. Manchmal traf er auch ein junges Mädchen, das Wellen und Brandung nur genauso schwer aushalten konnte wie er. Da wurde die Paarung zum doppelten Gewicht und nicht zum gegenseitigen Rettungsgürtel. Zickzackwege, Irrläufe, Ratlosigkeit und immer wieder die Abhängigkeit von zu Hause. Die Mutter, ihren erlernten Beruf nie ausgeübt habend, zog sich ganz aufs Privatleben zurück und blieb dort auch, unerlöst. Um so eifriger knüpft sie die Bande immer wieder fleißig zusammen, wenn der junge Mann ein Stückchen Emanzipation geschafft hat. Abnabeln? Bei uns nicht! Mit eisernen Emotionen führt sie zu Hause die Regie. Wo sonst? Eine andere Bühne hat sie sich nie erbaut. Der Vater hält sich aus allem raus, überläßt *ihr* die häusliche Macht und Ohnmacht. Das Modell ist weit verbreitet. So wird der junge Sohn als Jüngling gehalten, retardiert, um den Eltern das Altern zu ersparen. Zu den gefärbten Haaren der Familienoberhäupter würde kein erwachsener Bartträger passen. Jede Entwicklung scheucht den Augenblick auf. »Verweile doch, du bist so schön!« Diese Apotheose des Stillstands, die ein alter Dichter aufs Papier geschrieben hat, betet die »heile« Familie herbei. Veränderung führt fort, weiter, ins Ungewisse, die Söhne und Töchter in ihr eigenes Leben. Der fortschreitende Prozeß des Erwachsenwerdens sollte in der Familie hauptsächlich zu einem Ziel führen: Ansehen und Erfolg, mit Rückstrahler auf die Seinen. Nicht in die Freiheit, vom Nest weg. Die Aura des Erfolgreichen legitimiert am ehesten die erwachsenen Söhne für ein eigenständiges Leben. (Bei der Tochter hingegen spielt die standesgemäße Heirat diese Rolle.) Wer berühmt wird und seine Eltern sozial überflügelt, der hat wenigstens noch eine gewisse Ausrede für eine unabhängige Existenz in Freiheit. Die bis dahin ständig gespannte Situation mit dem »liberalen Elternhaus« gibt keine schöpferische Ruhepause auf dem schwierigen Weg zu sich selbst. Ständige Erpressungsversuche (das Telefonkabel als Nabelschnur) erschüttern immer wieder die wackelige Eigenexistenz, schütten »schlechtes Gewissen« aus, demonstrieren letztlich nur die traditionelle Macht der älteren Generation in der Familie, die sie sich nicht entwinden lassen will. Wenn solche Eltern doch ausprobieren würden, was sie selbst für eigene späte Blüten treiben könnten, wenn sie ihre Kräfte für die Arbeit im eigenen Beet nutzen würden. Freiheit beileibe nicht nur für Kinder, sondern auch für Eltern!

Der junge Mann fiel durch Prüfungen, ließ sich dennoch nicht entmutigen auf dem Weg zu seinem Berufsziel. Sich aber verlor er immer wieder aus den Augen. Es ging ihm nicht gut, aber das konnte man ihm nicht ansehen. Heimlich suchte er Hilfe bei einer Analytikerin, die ihn vor den radikalsten Pendelausschlägen bewahrte.

An dieser professionellen Amme läßt die Familie kein gutes Haar, bezichtigt sie noch, die Entfremdung des Sohnes begünstigt zu haben. Klar doch. Mit ihrer Hilfe hat er zum mindesten überlebt und hat das Risiko übernommen, vom Ufer der Kindheit abzulegen. Dann erst traf dieser Pfadfinder eine alte autonome Frau, mich, und griff nach mir mit beiden Händen. Es »brümmelte ihm was«. Mit Haut und Haaren mußte er sie sich einverleiben, er brauchte sie zum Weiterleben. Ich bemerkte das gar nicht, hielt das Ganze eher für ein leicht verrücktes Spiel und lächelte. Wie ernst es ihm an dieser Wegbiegung war, ahnte ich nicht. Das erzählte er mir viel später. Plötzlich, mit mir im Hintergrund, gelangen ihm die Prüfungen und die Projekte. Er hatte sich in einer langen Nacht bewiesen, daß er bekam, was er

brauchte und was er wollte, wenn er es nur wirklich wollte. Und das war gut so. Er war der Schöpfer dieser neuen und außergewöhnlichen Situation zwischen uns; er hatte sich das genommen, und nicht wie »das artige Kind« gewartet, bis man es ihm zuteilte. Das war ein großer Schritt in Richtung Mannesleben. Unbewußt blieb immer noch vieles im glatten Bauch des Studenten stecken. Ich schubste ihn ständig in die Wölbung seines Kopfes. Er hat ja einen. Dort vermute ich auch sein Ego. Durch ständiges Reden zwinge ich den jungen Mann zum Reflektieren, was er manchmal auch ganz muffig verweigert. Aber er sollte alle Vorteile der ungewöhnlichen Paarung mit in seine Zukunft einbringen können, das hatte ich mir vorgenommen. Mußte er doch auch die Nachteile (oder die vermeintlichen Nachteile) dieser Beziehung mittragen.
Wir waren vierundzwanzig Stunden am Tag exotisch. Das muß ein Junge erst mal aushalten!

6 Was ist exotisch?
oder: Über das wilde Denken

Die Exoten, das sind die Fremdländischen. Wenn sie bei ganz bestimmten Stämmen anreisen, dann sind sie hochwillkommen, denn es gibt Völkerschaften, die sich nur mit den Fremden paaren. Sie sind exogam, wachen argwöhnisch darüber, daß sich ja nicht gleich zu gleich geselle. Klonen als die perfekte Ausformung des Bekannten wäre denen ein Horror. Daß auch das Gegenteil weit verbreitet ist, erhärten aktuelle, gesellschaftliche Verhaltensweisen. Das Volk, auf einem Auge farbenblind, beobachtet meist nur ethnische (also nationale) und geographische Merkmale und Differenzen. Ein bißchen naiv, das. Denn wenn man von der Hautfarbe absieht, von der Augenform, vom Körperbau, welch unglaubliche – und manchmal nicht zu überwindende – Unterschiede gibt es zwischen zwei Menschen aus demselben Kulturkreis. Ich brauche mir nur ihr Geschlechtsleben anzuschaun. Der Mann, wenn er in die Welt eines weiblichen Kindes, einer jungen Frau einbricht – und keiner hat sie darauf einigermaßen konkret vorbereitet –, ist der absolute Exot, und, seien wir ehrlich, für manche Frau bleibt er das sein Leben lang, selbst wenn er aus dem Nachbardorf stammt. Dasselbe gilt für den

Jüngling, wenn er – wie meistens – sich selbst überlassen bleibt und plötzlich mit der Spezies homo sapiens femininus zusammentrifft. Ein exotisches Wesen, das zwar schön anzufassen ist – aber was sonst? Das kriegt mancher Mann nicht mal bei seiner vierten Ehe heraus. Paarung bleibt exotisch, selbst wenn sie die Billigung der Nachbarschaft findet. Ist sie ein wenig intimer, also wenn Mann den Mann wählt oder die Schwester die Freundin, dann erhöht das in den vier Augen der »normal« exotisch gepaarten Durchschnittsteams die fremdartige Variante noch bei weitem. Gerade dann weiß man sich mit der Mehrheit darüber einig, was normal und, vor allem, was abnormal ist. So gleich soll die sexuelle Paarung zum Beispiel unter uns deutschen Deutschen dann auch wieder nicht sein.

Man könnte sich auch vorstellen, daß ein Grüner, der mit den Roten stimmt, für einen Schwarzen ein schlechthin exotischer Politiker ist, obwohl er in keinen auch nur andeutungsweisen Hautkontakt mit ihm eintreten will. Und ob die Koalition auch Voraussetzung für eine Kohabitation von zwei Volksvertretern sein muß, ob gleichen oder unterschiedlichen Geschlechts, weiß ich nicht so genau. Gibt es da überhaupt wissenschaftliche Untersuchungen? Politischen Konsens?

Als der junge Mann (24) die Witwe (67) eroberte, da fühlten sich beide äußerst angenehm, nach dem ersten, stotternden Schock. Zwei Geschlechter, zwei Generationen: Die mußten schon extrem »exogam« sein, um das durch und durch menschenfreundliche, aufbauende und aufregende Gefühl empfinden zu können, das diese »exotische« Verbindung ausmachte. Freude und Stolz trugen anfänglich über ab und zu auftretende Verlegenheiten weg. Synchrone Körpersprache und ähnliche verbale Ausdrucksfähigkeit verstärkten das Verwandtschaftsgefühl. Gekoppelte intellektuelle Interessen mußten öfter herhalten, um immer wieder aufsteigendes Erstaunen zu korrigieren. Beide waren wir überzeugt: Wir leben in zwei Welten und müssen einen Teil unserer Kommunikation aufwenden, um Brücken zu bauen. Zwar warfen wir vorsichtig Freunde und Kollegen in unsere Landschaft – und natürlich war niemand so unfreundlich, Befremdung auszudrücken. Spannten sich doch auch da wieder Fäden übers Kreuz, ganz wie im wirklichen Leben.

Aber was ist das wirkliche Leben? Zwar gibt es statistische Schnittmuster, Zählsysteme, Tabellen. Darin sind wir alle enthalten. Kann man aber daraus das »wirkliche Leben« ablesen? »Fünfundvierzig Prozent aller rothaarigen Frauen südlich der Donau ...« oder »Die Hälfte aller Männer jenseits der Pensionsgrenze, altkatholischen Glaubens ...« Was lerne ich daraus über das »wirkliche Leben«? Soviel wie aus den farbigen, ausklappbaren Anatomietafeln in meines Vaters Brockhaus von 1906 über meinen Körper. Gelinde gesagt: wenig – und das nur theoretisch. Nichts gegen Theorie und ihre pädago-

gische Wirkung, aber die reine Theorie, ohne die sinnliche und individuelle Wahrnehmung, verrät mir wenig über das kreatürliche Dasein des Menschen, dem ich auch unterworfen bin. In jedem Lebensalter.
Das wirkliche Leben, das ist zunächst einmal *mein* Leben. Meine Wirklichkeit ist unübersehbar, bis in den Tod. Deine, unsere, eure Wirklichkeit genauso. Aber sollen wir alle, nur weil alle eine Milz haben oder zwei Kniescheiben, in exakt derselben Wirklichkeit leben? Nie und nimmer. Schon meine Daumenabdrücke sind ja bekanntlich unvergleichbar und einmalig. Und da sollen meine Gedanken, meine Gefühle, meine Wahrnehmungen aus einem Topf für alle stammen? Nein, das ist der Beginn der individuellen Freiheit, selbst wenn wir uns freiwillig oder unfreiwillig gewissen kollektiven Regeln, Gesetzen, Pflichten unterwerfen, ohne die ein Zusammenleben gar nicht möglich wäre. Außerdem, wenn ich auch immer ein ganzer Mensch bin, *ich* total – als gewesenes Kind oder künftige Mumie –, immer bin ich einer Gleichung mit vielen Unbekannten ausgesetzt. Katz: kein Denkmal aus Marmelstein, sondern eine veränderliche Größe. Darum verändert sich auch meine jeweilige Lebenssituation mehrfach, täglich, mit dem Wetter, mit der Post, mit meinem Frühstück und mit meinen Rendezvous. Selbst wenn ich das alles nicht wahrhaben will, so ist es doch aufregend und tröstlich zugleich. Freilich, wenn ich den kleinen Zeiger meiner Uhr verfolge, dann kann ich dessen Veränderung mit

dem bloßen Auge nicht wahrnehmen. So wenig wie die meine. Erst in der Distanz gibt mir der kleine Zeiger »Zeit« her und damit auch die Chance, in dieser Zeit-Spanne etwas zu erleben. Ich dauere – also bin ich! Wie ich die verlaufende Zeit erlebe, das ist meine je verschiedene Wirklichkeit.

Es ist fast nicht zu glauben, daß man im Laufe seines Daseins auf Menschen trifft, die just in dem Moment oder über drei Wochen oder im Lauf von drei Jahren ein Lebensgefühl entwickeln, das dem eigenen entspricht oder es ergänzt, bereichert. Die Annahme, dies sei vornehmlich in der eigenen Generation zu erwarten, ist naiv. Es sind weder die biologischen, noch die historischen Gegebenheiten, die uns von Mensch zu Mensch verbinden, sondern es sind die psychischen. Und die sind nicht von unserem Alter abhängig, sondern von den ganz persönlichen Umständen. Es macht die Sache so schwierig, weil man den Menschen ihr Psychogramm selten ansieht. Um das herauszufinden, müssen wir uns Mühe geben. Wir müssen uns mit dem Gegenüber einlassen, sozusagen à fonds perdu, man muß die Vorleistung erbringen, das Risiko eingehen. Das Resultat ist dennoch ungewiß.

Als der junge Mann und ich die Distanz verließen und die Nähe riskierten, da gab es hierfür kaum ein Modell, das uns hätte leiten können. *Ich* war schon in der besseren Position, weil ich im Laufe meines Lebens viele Varianten von Beziehungen kennengelernt hatte und deshalb, nach so vielen Jahren, keinem Ideal mehr nachjagte. *Er* hatte auch schon einige Erfahrungen gemacht, sehr spät übrigens, weil eine »liebende« Mutter ihn absorbierte und seine Entwicklung retardierte. Schon, um ihre eigene Jetzt-Situation, das ganz bestimmte Stadium des Lebens, zu betonieren, das sie offenbar als das letzte, gerade noch annehmbare, akzeptiert. Und so sollte es die nächsten zehn, zwanzig, hundert Jahre bleiben. Nur nicht alt werden – eine schlechte Vorbereitung auf das Alter für eine fünfzigjährige Familienglucke. In dieses Weltbild passen keine unaufhörlich wachsenden erwachsenen Kinder, die zum Beispiel eines Tages auf ihren Taufnamen bestehen und ihre süßen Kosenamen mit dem Y am Schluß ablegen wollen. Solche flüggen Vögel sind eine narzißtische Kränkung für die alternden Nestbewahrer. Das kann man ja verstehen. Nur: Es nützt nichts. Die Abnabelung beginnt irgendwann, auch wenn das Banner der unverbrüchlich sich immer gleichen Familie über dem Eigenheim flattert, wo für die regelmäßigen Besuche der großen Sprößlinge die Kinderzimmer (unverändert) konserviert werden. Mitgebrachte Freundinnen und Freunde werden dort getrennt vom eigenen Nachwuchs gebettet. Dafür wird aber auch dann nicht über die wirklich wichtigen (inneren) Zustände miteinander gesprochen. Freundlicher Small talk täuscht Harmonie vor. Probleme werden unter den Teppich gekehrt und treten so einfach nicht auf.

Was müssen die Nachbarn mit der Erziehung alles falsch gemacht haben, daß ihre Kinder vögeln, fixen, klauen und sterben! lautet die Devise im abendländischen Familienwettbewerb. Alles käme nur vom Zusammenprall mit der Welt da draußen, behaupten die Kinderinhaber. Die beste Verteidigung dagegen ist »Leistung«. Und der schüchterne Hinweis auf den Zusammenprall mit dem eigenen Ich wird weggewischt. Den haben ja die Eltern meist selbst weder zugelassen noch ausgehalten. Freud steht im Familienheim noch immer nicht hoch im Kurs. Wird weggewischt wie Fettspritzer am Küchenbüffet. So etwas denken sich doch nur die unverbesserlichen Aufklärer aus, behaupten Eltern, die selbst in den Achtundsechzigern studiert haben. Komm du mal mit »summa cum« heim, Junge, dann erledigt sich alles von selbst.

Das war der Inhalt unseres ersten Gespräches in einer langen Nacht. Wir kannten uns nicht gut, durch eine soziale Funktion vor Jahren zusammengekommen. Ich fühlte mich ins Vertrauen gezogen wie von vielen jungen Freunden, hauptsächlich Freundinnen. Es ist für mich eine Freude, wenn junge Menschen – andrer Leute Kinder – meine Aufmerksamkeit und meine Anteilnahme suchen. Meine eigenen Kinder tun das nämlich schon lange nicht mehr. So verstand ich die Intensität, mit der dieser junge Mann auf mich einredete, dabei um mein Verständnis warb. Ich hatte es. »Wie eine Mutter«. Daß er mich als Frau ansprach, das hatte ich bis Mitternacht noch gar nicht kapiert. Es wäre mir »exotisch« vorgekommen. Soweit hatte mich meine Gesellschaft in den siebzig Lebensjahren doch auch sozialisiert. Ich versuchte ihm zuzureden. Guter Rat in allen Lebenslagen. Selbstverständlich per Sie. Daran war wirklich nichts exotisch. Es war das Übliche.

Allmählich wurden die Gesprächspausen länger. Es war spät geworden. Als Frau des Hauses bestimmt man unter zivilisierten Menschen die Regeln. Ich stand auf. »Ich glaube, Sie müssen jetzt gehn.« Der junge Mann stand auch auf. »Ich glaube auch«, sagte er. Plötzlich umfaßten mich seine Arme. Ich wurde heftig gestreichelt und geküßt, sozusagen mundtot gemacht, was bei einer wie mir gar nicht so einfach ist. Intimität entstand, man kennt das. Das Überraschende war, daß diese Erfahrung auch hier griff, bei der ungewöhnlichen Umarmung. »Laß mich zu dir«, sagte er leise oder so etwas ähnliches. »Wir wollen uns berühren.« Ja, dachte ich, ich will ihn auch berühren. Ich sagte es. Hände, Haut, Lippen kamen sich nahe, vermischten sich. Glieder verschränkten sich. Gedanken flatterten. Das war nicht exotisch. Es war menschenfreundlich, hilfreich und vorsichtig. Das heißt rücksichtsvoll. Einfach schön. Ob es auch ästhetisch war? Du meine Güte. Dieser Gesichtspunkt spielt in der Realität bestimmt eine kleinere Rolle als in unserer Phantasie. Eros hechelt viel seltener, als uns Pornofilmer und Romantikautorinnen glauben machen wollen, hinter strammen Muskeln, gestylten Frisuren und einem unverbrauchten Körper her. Oder glauben Sie, der geflügelte Gott fliegt auf eine Fernsehwerbung für eine Anti-Falten-Schmierseife herein: »Quixquax fördert die Liebe«? Ich glaube, das würde er sich verbitten. In dieser zärtlichen Nacht dachte ich nicht an meine grauen Haare und die Falten auf meinem Bauch. Der junge Mann offenbar auch nicht. Dabei hätte er alles gut sehen können, denn das Licht blieb an.

7 Haben
oder: Etwas über den Besitztrieb

Habgierig wurde ich bewußt in meinem zwölften Lebensjahr. Nicht weil mir etwas weggenommen worden wäre, sondern weil ich etwas dazubekam. Ein Brüderchen! Goldig! Kein Mensch hatte mich gefragt, ob ich eins haben wollte. Auch nicht mein Vater. Er hatte ihn einfach gemacht, den kleinen Säugling, zusammen mit meiner Mutter. Und da sollte ich nicht eifersüchtig werden! Alle beugten sich über den kahlen kleinen Wurm. Diese Winzigkeit wurde zur Wichtigkeit der Familie, natürlich mit meiner Mutter zusammen als Doppelporträt. Das Hohe Paar! Von meinem Vater wurde gerade noch ein wenig Notiz genommen. Von mir aber überhaupt nicht. Ich war die absolute Statistin in dem neuen Familiendrama und sank zurück in die Bedeutungslosigkeit einer Tochter. Jetzt gab es einen Sohn, und er war auch noch schön. Er sah nämlich meiner schönen Mutter gleich. Egal, ob ich fleißig Latein lernte und in einem Chor Madrigale sang: Das Kleinkind, das überhaupt nichts konnte als trinken und schreien und scheißen, sammelte alle Aufmerksamkeit auf sich. Es bekam ein eigenes Zimmer eingerichtet, als wir bald darauf eine neue Wohnung in einer anderen Stadt bezogen. Ob dieser Bubi – und wieviel – täglich zugenommen hatte, war das Gesprächsthema bei Tisch, und wohin er schielte und was er sinnlos vor sich hinbrabbelte. Eine gestürzte Monarchin kann nicht mehr leiden als ich, zumal sich mein geliebter Vater natürlich voll Stolz an diesem Zirkus beteiligte. Gelegentlich »durfte« ich das Kind im Wagen in die nächste Grünanlage ausfahren. Ich wand mich und wehrte mich. Vor allem hatte ich mit Zöpfen und keimendem Busen die törichte Angst, jeder könne dies überflüssige Baby auch noch für mein eigenes halten. Finsterste Szenarien entstanden in meinem Kopf. Den Wagen einfach stehenlassen – es würde ihn dann schon einer stehlen. Oder, schlimmer, ihn auf die Straße unter ein Auto schubsen. Oder einfach umstürzen, umwerfen, umschmeißen – das könnte ja so ein kleines Wesen nicht heil überstehen! Eins jedenfalls war klar: Das unnütze Ding mußte dahin zurück, wo es hergekommen war, damit ich so weiterleben konnte wie bisher. Die Eifersucht fraß in meinen Gedärmen. Ein scheußliches Gefühl. Man hatte mir etwas weggenommen, worauf ich bestand: die ungeschmälerte Aufmerksamkeit meines Vaters, der bekanntlich mein Besitz war. Meiner. Ich war doch sein liebes Kind, sein Schneck, sein Liebling und seine Verbündete.

Nun war ja ganz deutlich zu bemerken, daß er mit dem neuen Ankömmling nicht reden konnte. Er unternahm auch nicht besonders intensive Versuche der verbalen Kommunikation, so daß wir bald wieder zu unseren

gewohnten Gesprächen zurückkehrten, allerdings ich mit gespannter Aufmerksamkeit, lauschend, ob sich zwischen uns etwas verändert haben könnte. Das schien nicht der Fall, also konnte dieses Brüderchen von mir aus auch am Leben bleiben. Zunächst mal.
Es stellte sich nämlich bald heraus, daß die Vergrößerung der Familie mir auch Vorteile brachte. Ich stand nicht mehr im Mittelpunkt der Beachtung aus der Küche. Die beiden Frauen, Mutter und Dienstmädchen, waren mit ihrer Faszination auf das Baby so beschäftigt, daß mir plötzlich größere persönliche Freiheiten erwuchsen. Ich brauchte nicht über jede Minute außer Hause einen Nachweis zu erbringen. Pannen bei der Kleidung oder bei der Körperpflege rutschten auf jenes beiläufige Mindestinteresse herunter, wohin sie eigentlich gehören. Ohne daß ich groß etwas dazu tat, war ich plötzlich in das Vorfeld der Erwachsenen aufgerückt, weil den Platz des jüngsten Familienmitglieds der Knabe einnahm. Das schien mir meine Belohnung dafür, daß ich den Bruder duldete. Unpünktlich wurde ich, ohne Rechenschaft ablegen zu müssen. Ich trödelte mit Freundinnen auf dem Schulweg herum, ohne daß dies überhaupt aufgefallen wäre. Es kam auch vor, daß ich meinen Vater auf dem Amt besuchte und aus der sicheren Distanz über die häuslichen Verhältnisse plauderte. Die Eifersucht wich stundenweise von meiner Seite, obwohl sie mich hellhörig und vorsichtig gemacht hatte. Ich ging wie auf Zehenspitzen herum, damit ich mei-

nen Vorteil aus jeder Situation ziehen konnte. Spionin im eigenen Haus. In der Familienstruktur hatte ich etwas eingebüßt, die Illusion nämlich, mein Vater gehöre mir, ausschließlich mir. Eigentlich kann man so ein Licht nicht früh genug aufgesteckt bekommen, denn aus dem nebulosen Nicht-Kapieren resultieren die späten Eifersuchtsdramen, die nicht nur auf der Bühne tödlich enden. Gleichwohl war unser Verhältnis zwar lockerer, aber auch bewußter geworden. Langsam kam ich in die Lage, das zu registrieren und mir bei nächster Gelegenheit einen neuen Vater zu suchen, meinen ersten Liebhaber.

Bei ihm wäre ich nicht im entferntesten auf die Idee gekommen, ich müsse ihn »haben« oder er gehöre zu meinen Besitztümern. Zwar war er jetzt gerade ungebunden, steckte wohl in einem Beziehungsloch, als er mich Göre aus diesem Chor herauspickte. Ich war so geschmeichelt von seiner Halbprominenz, daß ich mit seinen Zuteilungen zufrieden war – und es war nicht nur die Mindestausstattung, die er mir zuteil werden ließ. Seine Behandlung war liebevoll, daß ich meinen Körper kennenlernen konnte, und so interessiert, daß ich mich mit meinen Innereien ans Licht traute. Er hatte in seiner Lebensmitte keinerlei Erfahrungen mehr mit Backfischen. Deshalb begegnete er mir mit Respekt und Neugierde für meine Lebenslage. Er spielte nicht den Romeo, so daß ich für den schweißtreibenden Einsatz von Julia auch keine Gelegenheit hatte. Ein lebenserhaltender Glücksfall, wie ich später, viel später, feststellte. Wir fuhren im ersten Gang, das war für mich wohltuend und lehrreich. Daß es eine gefährliche Situation sein könne – für Eifersucht etwa –, darauf wäre ich nie gekommen. Was uns verband, war ein Geheimnis, denn daß ich meine neuen Umstände zu Hause nicht kundtun konnte, schon gar nicht vor meinem Vater, war klar. Er war – noch vor allem – mein Entdecker, hatte mit vierzig schon sehr viel hinter sich, Erfahrung, Enttäuschung. Er konnte vergleichen, das war eine komfortable Paarung. Jeder von uns beiden war für das ganz andere dankbar. Und vor allem: Keiner dachte an eine gemeinsame Zukunft, von Ewigkeit war nicht die Rede. Das bescherte dem Verhältnis immerhin eine Dauer von drei, vier Jahren, über das Abitur hinaus, mit Pausen und Zwischenakten.

In Eifersüchte fiel ich stets, je mehr sich ein Verhältnis einer Legalisierung näherte oder sie erreichte. Mit der Unterschrift auf dem Standesamt umnebelte das Besitzdenken sofort die Sinne. Der/die gehört mir! Ohne mich/dich geht gar nichts mehr. Von jetzt an alles nur gemeinsam, bis einer von uns stirbt. Zeit, Geld, Gefühl – alles unter gegenseitiger Kontrolle. Selbst bei meiner ersten Muß-Ehe, die keiner von uns beiden Partnern eingehen wollte und die dann doch fünf Jahre dauerte, kamen immer wieder solche Anfälle von Besitzdenken, von Schuld und Sühne und von moralischen Vorstellungen, was jeder darf oder nicht darf. Die Ausrede der

Großen Liebe hatten wir auch nicht. Dabei waren wir gerade zwanzig. Es war Krieg und Nachkriegszeit, und wir waren dennoch geprägt von den Vorkriegsmodellen in Familie und Partnerschaft. Eifersucht? Wir warteten eigentlich beide darauf, daß einer von uns beiden dazu Anlaß böte, damit wir definitiv zu einer Scheidung vorstoßen könnten. Auch da dachten wir eher konventionell. Der Geschiedene heiratete noch dreimal. Ich pausierte, blieb auch da gelassen – oder eher sogar von einem gewissen Mitgefühl für meine Nachfolgerinnen ergriffen. Hatte ich doch einen Wissensvorsprung. Und das war mir immer wichtig. Ich mußte »wissen« – das heißt, ich war dann in die Dramaturgie eines Seitensprungs mit eingebunden und konnte, je nach Lebensgefühl, Gelassenheit, Wut oder Diplomatie einsetzen. Nichts zu wissen oder durch den Zufall überrascht zu werden, das ist bis zum heutigen Tag die größte Demütigung für mich, muß wohl eine »déformation professionelle« sein.

Ob die Eifersucht, so wie jede andere Besitzgier, angeboren ist, weiß ich nicht. Daß sie mit der Intensität des Zusammengehörigkeitsgefühls einhergeht, könnte ich mir vorstellen. Zu den Frauen, die einen Regenschirm abgelegt in die Ecke stellen, um nach ihm mit beiden Händen zu greifen, wenn Interesse von anderer Seite kommt, gehöre ich nicht. Ich denke mir, es gibt Phasen in einer Liebesgeschichte, ja, sprechen wir endlich mal von einer Liebesgeschichte, in die keine dritte Person eindringen kann. Solange herrscht Sicherheit auf allen Ebenen. Leider läßt die Intensität nicht immer bei beiden Partnern gleichzeitig nach, so daß einer noch an der Zweisamkeit hängt, während der andere gerade dabei ist, sie langsam aufzugeben. Der ist natürlich als erster, als erste, Versuchungen ausgesetzt. Ich halte körperliche Treue nicht für etwas Selbstverständliches und weiß aus eigener Erfahrung, daß man gleichzeitig lustvoll mit zwei Partnern verkehren kann: mit dem früheren aus der vertrauensvollen Gewohnheit heraus vielleicht sogar befriedigender, mit dem neuen innovativ, aber risikoreicher. Ich habe diese Tatsache nie als Moralität gehandelt, weder wenn ich betrogen habe, noch wenn ich betrogen wurde.

Gefährlich wird es, wenn eine neue Amour die sozialen Standards einer Verbindung zwischen zwei Menschen außer Kraft setzt. Da wächst auch bei mir die Eifersucht, die Verlustangst. Dann will ich mich nur noch schützen, die Bestände erhalten. Aber ich will auch den Partner, den ich »betrüge«, vor aktuellen Übergriffen schützen. Solange die Ehe noch als Firma besteht, soll sie wenigstens als Firma geführt werden. Da darf auch der stille Teilhaber nicht zuviel Einspruchsrecht bekommen, denn er kann nicht und wird nicht erfahren, was in dieser Ehe wirklich ablief und heute noch abläuft. Das Röntgenbild bleibt Verschlußsache. Doch steigt meistens beim neuen Teilhaber, je nach Temperament, die Besitzgier, schnell oder gemächlich. Er will »haben«, und dann wird's gefährlich. Loslassen können ist eine große Tugend, vor allem im familiären Bereich. Ich erschrecke stets aufs neue, wenn abgenutzte Paarbeziehungen plötzlich wieder mit Liebe aufgezäumt werden, obwohl sie längst abgekühlt oder wohltemperiert sind, nur weil ein neuer Liebender spontane Gefühle ins Spiel bringt, wovon jeder profitieren könnte. Aber dann wird von einer Seite ganz rasch der Mikrowellenherd eingeschaltet, und dann sitzt man da mit seinen Kochrezepten aus der bürgerlichen Küche, und die Gerichte brennen an. Veränderung als Chance zu begreifen ist für den Zurückbleibenden schwerer als für den Abreisenden.

Nicht ohne Komik, vor allem für Außenstehende, ist die Wiederholungssituation: keine Einsicht des legitimen Gatteninhabers für Abstrampelungen neuer Interessenten, die er/sie zehn Jahre früher ebenso verzweifelt unternommen hat. Dabei mußte er damals auch auf die Toleranz der Umwelt bauen. Das sollte dann aber die letzte Toleranz sein, die über die Schwelle des neuen Eigenheims eindringen durfte. Denn im Vergleich zu früheren Versuchen hat natürlich nur die jeweils bestehende Ehe den Anspruch auf Ewigkeit! Doch wie sagt der (schwule) Dichter: »Das Schöne ist nur des Schrecklichen Anfang.« Der Drang ins Legitime, welch edles und ganz und gar ordentliches Gefühl, welches der Staat und die Behörden unterstützen und stärken, vor allem wenn's dann ans Erben geht. Da führen die Gesetze Regie, egal was sich ein Hauptdarsteller für die Stunde seines Todes ausgedacht hat. Wer nicht rechtzeitig über die Verteilung seines Besitzes nachgedacht hat, der überläßt es den Richtern, mit den Paragraphen dahin zu zielen, wo die Erben laut »haben« schreien.

Eifersüchtig war ich dann, wenn mein Lebenspartner, ohne mich zu fragen, unsere Gewohnheiten außer Kraft setzte oder entschwand, ohne eine Adresse zu hinterlassen. Dann mußte ich mit seinen Ansprechpartnern verhandeln, um seine (oder immer noch unsere) Interessen zu vertreten. Wie fatal, wenn man bekennen mußte, daß man in den neuesten Stand der Dinge nicht eingeweiht war, gelegentlich nicht einmal den momentanen Aufenthalt des Ehemannes kannte. Das schmerzt so, daß man alle Großzügigkeit, die guten Vorsätze zum Teufel jagt. Und gerade jetzt würde man sie brauchen! Man möchte die neue Geliebte anschwärzen, ausweisen, abknallen. Komischerweise: *Ihm* billigt man die guten Vorsätze, die ein bißchen fadenscheinig geworden sind, immer noch zu. Als Angetraute hat man noch ziemlich lange das Bedürfnis, Entschuldigungsgründe für ihn aufzutischen. Er war's ja schließlich, den man selber mal so dringend wollte. So gibt man doch (bei der bekannten Naivität der Männer) der Schlange (weiblich) die Schuld. Siehe Paradies. Immer Damenwahl, haha, und der Tor merkt's nicht. Oder man ist endlich in das Alter gekommen, wo man sich mit jener schwesterlich zusammensetzt und versucht, ein Modell zu entwickeln, mit dem alle Beteiligten leben können. Manchmal – das muß auch bekannt werden – möchte man ihr noch etwas schenken, damit sie uns den alten Schirm schließlich abnimmt. Er hat die bewußte Ecke nur sehr wenig dekorativ ausgefüllt. Und gegen Regen, nein, da hat er schon lange keinen Schutz mehr geboten. Sich vom Besitz zu trennen, ja, das ist eine Tugend, und wenn uns jemand dankbar vom Trödel befreit, um so besser! Nicht jeder hat diese Einstellung in den Genen, aber sie ist erlernbar, und zwar leichter, je älter man wird.

Der junge Mann war fast erschrocken, als er den Wahrheitsbeweis für meine Toleranz bekam, von der ich immer geredet habe. Ich bin wirklich nicht eifersüchtig, wenn er dann und wann mit Kommilitoninnen das Bett teilt. Es geht mir nahe, wie die jungen Leute die ersten (unsicheren) Schritte in ihrer erotischen Biographie machen. Ich habe nichts vergessen, erinnere mich an meine eigenen großen Schwierigkeiten. Deshalb kann er mit mir wirklich reden, mich um Rat fragen, da er weiß, daß ich auf der Seite der Frauen stehe, die alten Schlangen-Muster nun wirklich ad acta gelegt habe. Ich will bei meinen jungen Schwestern mit ihm Ehre einlegen. Sie sollen merken, daß die Lehren einer emanzipierten Frau hilfreich und human sind. Von mir weiß er, daß man eine Spielgefährtin auch für eine einzige Nacht fair und liebevoll behandeln muß.

Er ist weniger als jeder andere Partner meines Lebens mein Besitz. Ich *habe* ihn nicht. Ich *bin* gut mit ihm. Wir

sind gut miteinander. Sein Leben muß er sich mit anderen Frauen möblieren und aufbauen. Dafür muß er Erfahrungen sammeln. Und ich versichere ihm inständig, daß die Erfahrungen mit mir darauf nicht anwendbar sind. Seine gleichaltrigen Gespielinnen wissen so wenig wie er oder noch weniger; dann müßten sie eigentlich für diese Mitgift dankbar sein. Da wir in zwei verschiedenen Städten leben, kommt es fast nie zu Kollisionen. Er bemüht sich auch, sie zu vermeiden. Romanzen sind das alles noch nicht, genausowenig wie unsere Geschichte unter L wie Liebe rubriziert werden kann. Wenn ihm soziale Rücksichtslosigkeiten unterlaufen, setze ich mich zur Wehr. Die darf er gar nicht in sein Lernprogramm aufnehmen. Diesen Anspruch hat jeder Mitmensch, das muß ihm selbstverständlich werden. Und die zeitgemäße Frage nach dem Kondom, die muß er sich in Abständen gefallen lassen. Er verspricht dann immer, »ohne« nicht herumzuexperimentieren. Es wäre nützlich, vor allem für ihn. Aber wie die Anfänger so sind, Zuverlässigkeit muß auch in diesen intimen Angelegenheiten erst gelernt werden. Auch darüber gibt es viele traurige Geschichten in den Gazetten zu lesen.
Wenn ihn eines Tags der Coup de foudre trifft, dann müssen wir uns beide etwas Neues einfallen lassen, vielleicht gemeinsam mit seiner neuen Geliebten, Partnerin, Frau. Wenn sie mich als Typ nicht ausstehen kann, dann haben wir alle drei Pech gehabt. Mit ihren Habenkonten müssen sich dann die beiden herumschlagen. Ohne mich.

Soll ich dann auf meine alten Tage noch mal eifersüchtig werden? Cui bono? Loslassen – das ist das richtige Rezept, vor allem für uns Alte. Der Hofmannsthal hat es seiner »Marschallin« in den Mund gelegt, und alle, die es hören, sind immer noch ganz gerührt und nicken mit den Köpfen in den teuren Samtsesseln:

Leicht muß man sein,
mit leichtem Herz und leichten Händen
halten und nehmen, halten und lassen …
Die nicht so sind, die straft das Leben
und Gott erbarmt sich ihrer nicht.

8 Wechseljahre
oder: Quelle Chance!

Nur Frauen wechseln im Alter in die Wechseljahre. Männer bleiben immer Männer, so wie Wien Wien *bleibt*. Und so was ist äußerst bedrohlich; der Kabarettist Georg Kreisler hat diesen Tatbestand in einem bösen Lied kommentiert. Frauen können, dürfen wechseln. Wenn das nicht toll ist! »Nichts ist dauernd als der Wechsel« schreibt Heine und tritt auch prompt seine Harzreise an. Wirklich kein Grund zur Melancholie. Von wo wechseln sie wohin, das ist die Frage. Hauptsache: Sie wechseln von der für die Gesellschaft so nützlichen sozialen Mutterschaftsphase in das für sie selbst so wichtige unsoziale Stadium der reinen Lust an sich selbst, an ihren Fähigkeiten, an ihrem Geist, an ihrem Körper und an ihrer Sexualität. So wichtig wie für die Männer auch. Aber für die schon ab sechzehn – per saecula saeculorum. Die älteren Frauen können endlich die hartnäckige biologische Kettenreaktion unterbrechen. Die Natur (weiblich), die sie vorher in der Reifezeit so streng an die Kandare genommen hat, gewährt ihnen einen großzügigen letzten Auslauf. Wenn das nicht ein üppiges Abendmahl für uns ist. Ultima Cena heißt dieser Begriff in der Kunstgeschichte, aber Sie können

schauen, soviel Sie wollen, auf den Gemälden sind immer nur Männer abgebildet.
Vorher lebten wir in den Ver-Wechseljahren: Ständig mußten wir umschalten zwischen der Rolle der Geliebten und der Rolle der Mutter. Auch wenn eine Frau selbst noch nicht Mutter geworden war, sollte sie doch die mütterliche Himbeersoße über ihre Häuslichkeit kippen, damit der Mann oder der Liebhaber immer ein wenig an dem Kindheitsparadies (wie bei Mutti) naschen konnte. Vielleicht wollte er es ja auch unbewußt mit der aktuellen Geliebten imitieren und ihr ein Kind machen. Sich als sein Kind und gleichzeitig dessen Papa durch ihren Schoß in die Unsterblichkeit schmuggeln. Omnipotenzwahn, dein Name ist Macho. Wer heute noch nicht diese Utopie des Paterfamilias in seine häusliche Gegenwart holen kann (für den unbeschwerten Anfang traf man jahrelang Vorkehrungen, um ein Baby zu vermeiden), der will es vielleicht morgen, die Option will er jedenfalls für die Zukunft aufrechterhalten. Die Sippe fortzeugen, den Namen verewigen und all der rassistische Schwachsinn. Die Rache der Frau für die weiberfeindlichen Gesetze ist die Tatsache, daß sie die Vaterschaft im Ungewissen lassen kann. So heißt es schon 1804 im »Code Napoléon«: »Mater certa est.« (Nur die Mutter steht fest.) Klar, nach den vielversprechenden gesellschaftlichen Umwandlungen der Revolution wollte man mit den Gesetzestexten ein bißchen näher an die Realität heran. Das muß da gewesen sein,

wo die »Weiber zu Hyänen« geworden sind. (Französische!)
Im Schwäbischen kreiste nach dem Zweiten Weltkrieg eine Anekdote. Eine biedere Witwe bekam ein Kind, obwohl ihr Mann schon zwei Jahre zuvor gefallen war. Sie meldete es auf dem Standesamt als eheliches Kind an. Die Beamten wiesen sie hohnlachend zurück, auf den Tod des Gatten verweisend. »I kann mei Kind solang bei mir b'halte, wie i will«, antwortete sie schlagfertig auf die Belehrung. Recht hat sie. Wenn schon das Kinderkriegen und die Aufzucht zur reinen Frauensache geworden ist, dann bestimmen wir doch einfach die Modalitäten selbst. Das neue Namensrecht zum Beispiel kommt der weiblichen Willensbildung da schon entgegen. Wer seine Identität – und ob überhaupt – in der Ehe aufgeben soll, da mischt sich der Staat nicht mehr ein. Die selbstbewußten Frauen profitieren.
Natürlich kann sich Mann nicht um alles kümmern. Schon gar nicht in der »klassischen Situation«, die seit hundert Jahren in der Literatur karikiert wird. »Schatz«, haucht sie errötend, »ich muß dir ein süßes Geheimnis anvertrauen.« Da war er schon sauer. In Zeiten der Gleichberechtigung entdeckt auch der konservativste Mann plötzlich erleichtert, daß es sehr wohl wichtige Dinge auf der Welt gibt, die reine Frauensache sind. Die Verhütung, zum Beispiel. Sollen die Frauen doch aufpassen. Sie sind ja betroffen!

Das Nachwuchsspiel im Kopf beherrscht die Schlafzimmerszene wie eh und je. Um es immer wieder aufzunehmen, braucht die Bettgespielin nicht einmal »potent« zu sein wie ihr Liebster (ist doch egal, was sie bei der Zeugung empfindet, ob überhaupt etwas), nein, was sie dringend vorweisen muß, ist die Reproduktionsfähigkeit. Heute, gelobt sei die Wissenschaft, kann sie ihre Fruchtbarkeit über den Wechsel hinaus verlängern, durch künstliche Machenschaften, wenn der Ehemann und die gesellschaftliche Situation es verlangen. Ein Vorzeige-Hit der Weißkittel in den internationalen Labors. »Apage – Satanas!« (Verschwinde, teuflischer Versucher!) möchte man den verblendeten Schwestern warnend einsagen, die schon im Garten Eden dran glauben mußten, als man ihnen vorgaukelte: »Eritis sicut deus.« (Ihr werdet sein wie Gott!) Fallt bloß nicht drauf rein, macht euch nicht zur Oma eurer Babies. Blondierte Haare, gestraffte Hinterbacken sind da keine Hilfe. Verweigert dem Opa in eurem Ehebett den späten Triumph. Euer nicht geborener Spätling wird's euch danken. Das empörendste Beispiel der Ärzte-Hybris, das »Erlanger Baby«, das den Leib seiner toten Mutter als Gebärmaschine mißbrauchen sollte, machte den »Wissenschaftlern« einen Strich durch die Rechnung. Es verweigerte sich dem Schwarzen Experiment aus Männerhirnen.

Wechseljahre, das ist ein sexistisches Schimpfwort für etwas, was frau endlich nicht mehr kann. Die Freiheiten, die ihr aus dem angekreideten Unvermögen zuwachsen, die sind hingegen unbezahlbar, werden aber öffentlich nicht weiter propagiert, kaum erwähnt. Nach den langen Jahren potentieller körperlicher Fruchtbarkeit ist die Definition Frau = Mutter geschwunden, nur die Rolle der »Frau« ist übriggeblieben. »Nur« – welch ein Komfort! Es ist ja nicht so, daß ein weiblicher Mensch auf seine originäre Fähigkeit, das Kinderkriegen, nicht stolz sein könnte. Doch hat das Patriarchat das Raumschiff »Welt« konsequent in eine kinderfeindliche Situation gesteuert: Überbevölkerung im allgemeinen und sohnhafter Narzißmus im besonderen verbieten eigentlich die Mutterschaft in der Praxis, schreien nur theoretisch nach jedem Fötus im Weibsbauch. Keiner soll der Männerwelt als ideologischer Besitz entkommen; konkret ist der Mann vor der Jahrtausendwende ganz gern ein Single, ein knapper Vater und am allerliebsten nicht direkt in die Materie verwoben. »Alleinerziehende Mütter sind doch auch was, quasi ein Modell«, sagt sogar ein Reaktionär, wenn er noch mal davongekommen ist.

Väter drücken sich vor dem Standesamt, vor der Vaterschaft, vor der Verantwortung, vor den Schularbeiten, vor den Hausarbeiten. Aber auch vor dem politischen Ruf nach der Gesamtschule oder nach der kollektiv zu vertretenden Förderung der Teilzeitarbeit. Nur eins ist sicher: Der partnerschaftliche Eierstock soll trotz aller sozialen Widrigkeiten verfügbar sein, wenigstens in der Phantasie – auch in der Phantasie der Kegelbrüder oder

der Herrn von Lions-Club. Man könnte, wenn man wollte! Darum erglänzt das Ansehen in den Männerrunden bei der ungleichen Paarung mit den jungen Frauen erst recht. Beifall für jeden, der sich traut – was die meisten nur in ihren Träumen (beim Pornovideo) wagen. Übrigens, Pornos für Frauen? Gibt's natürlich nicht. Ich könnte mir schon welche vorstellen. Auch das Weib wäre dann und wann dankbar für Stimulanzien, nur nicht für die altbackenen der Machos.

Die Kinder aus den ersten, zweiten, dritten Ehen, die am eigenen Leib erfahren haben, wie zerstreut die Väter die Aufzucht den Müttern überlassen haben, schauen argwöhnisch auf die jungen Bräute ihrer grauen Erzeuger. Ob die Neue wohl einen dicken Bauch kriegt – oder sollte sich der Alte wirklich, die paarmal, die er noch kann, an moderne Verhütungsmittel gewöhnt haben? Für die Teilung der Erbschaft wäre es jedenfalls viel bequemer.

Mit einer neuen Frau in den Wechseljahren bliebe dem guten alten Herrn das alles erspart, so wie jedem Liebhaber reifer Frauen. Die Frau selbst, wenn sie ehrlich ist, weiß die große Annehmlichkeit der reduzierten Fruchtbarkeit zu schätzen; hat sie doch lange genug das Seziermesser im Kopf gehabt. Das hat im Laufe des Sexuallebens so manchen Orgasmus gekappt, hat manche Lust vorher oder nachher abgeschnitten, hat die Freude am Genuß des Fleisches relativiert. Vor allem, als in der Adenauerzeit auch noch die Automaten für Gummis in den Herrenklos abgenommen wurden. Nun ist alles anders.

Übrigens, glaubt mir, wem die Sexualität, allein oder mit anderen, stets ein Vergnügen war, der vergißt oder verlernt den Spaß auch nicht im Alter. Der findet die kleinen Korrekturen heraus, derer er nun vielleicht bedarf, um das Spiel auszureizen, in dem neuen Freiraum, der sich heutzutage auch noch in die Zukunft hinein verlängert. Man muß ja nicht mehr alle Leibesübungen pflegen, wenn man seine späten Spezialitäten herausgefunden und an das interessierte Publikum im Bett weitergegeben hat. Nur keine Hemmungen, Schwestern!

Andere Frauen allerdings, denen es nie vergönnt war, die Schwelle zum Genuß zu überschreiten, die atmen aus gegenteiligen Gründen in den Wechseljahren erleichtert auf. Sie nehmen den Jahreswechsel gern als Vorwand, um nie wieder die Statistenrolle in dem Spiel zu spielen, in das sie niemals einer eineweiht hat und zu dem sie auch keine eigenen Entdeckungsreisen gewagt haben. Sie soll man nicht zur Sexualität im Alter überreden. Man soll ihnen den kollektiven Ehrentitel »Mutti«, auf den sie soviel Wert zu legen scheinen, lassen bis zum Grabesrand. Ihrem ganz persönlichen Vornamen begegnen diese sowieso erst wieder in ihrer Todesanzeige. Die können nichts nachholen. Wem die Lust stets eine Last war, der soll sie beruhigt bei der Gepäckaufbewahrung abgeben und nie mehr abholen. Jenseits der Schallmauer kann man vieles lernen, aber nicht alles; weder Klavierspielen noch Autofahren. Und nur äußerst mühevoll den Umgang mit einem ständigen, neuen Hausgenossen, und sei es auch nur ein Computer. Ich weiß, wovon ich rede.

Meine bis jetzt letzte Lebenskrise war jenseits der Wechseljahre die Hingabe an diese High-Tech-Welt der Männer. Sie präsentiert sich in Benutzung, Terminologie und Gebrauchsanweisung (1000 Seiten) extrem verbraucherfeindlich. Wundert Sie das? Aber hilfreich ist sie doch. Die Unterscheidung zwischen der maßlosen Theorie und der je angemessenen Praxis, die können die Männer und die Männerwirtschaft eben nicht machen. Dafür hätten sie uns, wenn sie uns ließen. Statt dessen bleibt den jungen Frauen, wenn sie in der Geschäftswelt Fuß fassen wollen, nichts anderes übrig, als in die patriarchalischen Strukturen mit allen Konsequenzen einzusteigen. Das ist der Preis, das Spiel mitmachen zu dürfen, wenn auch nur auf den unteren Rängen. Noch bringt die Verweigerung gar nichts, in dieser Phase, bevor das Jahrtausend um die Ecke saust.

Wir Grauen Panther, Schlangen, Füchsinnen, Fossile, wir haben es da tierisch gut, wenn wir nur schlau genug sind, um die Realität richtig einzuschätzen. Wir sind keine Manövriermasse mehr. Uns kann man nicht mehr bestrafen, wenn wir uns unbotmäßig verhalten. Bert Brecht, eigentlich kein Frauenfreund (oder höchstens theoretisch, wenn man's genau nimmt), hat seiner Großmutter, der »unwürdigen Greisin«, die nach dem

Tod des Großvaters eigene Wege ging, mit dem Familienleben einfach abschloß, ein literarisches Denkmal gesetzt. Man kann es gar nicht oft genug zitieren: »Sie lebte einfach als Frau B., eine alleinstehende Person ohne Verpflichtungen und mit bescheidenen, aber ausreichenden Mitteln ... Sie hatte die langen Jahre der Knechtschaft und die kurzen Jahre der Freiheit ausgekostet und das Brot des Lebens aufgezehrt bis auf den letzten Brosamen.«
Zu Tisch, zu Tisch, ihr Witwen!
Ultima cena.

9 Humanae vitae
oder: Der Oberhirte und die Schafe

Am Tag von »Humanae Vitae« lag ich morgens friedlich im Bett und las die Zeitung. Es war der 25. Juli 1968. Da fiel mein Auge, noch ohne Brille, auf die Überschrift »Humanae Vitae«, die Enzyklika des Papstes Paul VI., nach der er fortan nur noch der »Pillenpaule« hieß. Ungekämmt und ungewaschen führte ich auf der Stelle etwas aus, was ich bis dahin immer auf die lange Bank geschoben hatte: Ich trat aus der katholischen Kirche aus. Auf dem Standesamt wollte ich bekennerische Erklärungen abgeben, als ich endlich das richtige Büro (eher verborgen) gefunden hatte. Doch ungerührt fragte mich der Beamte nur: »Was verdienen Sie?« Verdutzt schaute ich ihn an, was ihn bewog, mir zu erklären, mehr als zehn Mark müsse ich keinesfalls bezahlen. Das tat ich gern für meine Befreiung. Diesen römischen Greisen, die kraft ihrer Ideologie und ihrer Gewerkschaftsvorschriften Frauen nur schemenhaft wahrnehmen (dürfen), hatte ich es endlich gegeben. Gerade jetzt hat der Papst erst wieder weibliche Priesterinnen und Würdenträgerinnen von der Pforte des Tempels gewiesen, wie es seinerzeit Jesus mit den Bankern getan hatte. Das könnte man ja noch verstehen, aber zu den Geldinstitu-

ten bestehen von seiten des Vatikans heute keine Berührungsängste, wie man hört. Nur als Fuß- und Betvolk sind die Frauen in der Kirche willkommen, auch noch knapp vor der Jahrtausendwende. Ihre weibliche Ikone von einer Mutter, die durch Jungfernzeugung schwanger wird (Parthenogenesis), ging mich nichts an. Dieses Märchen müßten doch eigentlich alle christlichen Mütter als blanken Hohn empfinden. Und die heiligen Märtyrerinnen, die mit abgeschnittenen Brüsten (Agatha) oder mit angezaubertem Bart (Lioba) gottgefällig der Lust abgeschworen haben und heute noch weltweit in Form von Kunst zu besichtigen sind, das können doch nicht die Vorbilder für die Frauen der Welt sein?
Auch in diesem Augenblick rege ich mich über die lustfeindliche Politik dieser internationalen Institution auf, die – ohne einen Blick auf die Wirklichkeit der Welt zu werfen – die Frauen zu Fruchtbarkeitsmaschinen verdammt. Sie läßt ihre Gläubigen, Frauen und Männer, ohne Trost und Hilfe in dem Dilemma zwischen kreatürlichen Trieben und hochgezüchteter Zivilisation. Aber die Frauen sind es, bei der gerade in kirchlichen Kreisen herrschenden Ungleichberechtigung, die mitsamt ihren Kindern die Konsequenzen tragen müssen. Gerade die einfachen und schlichten Gemüter. Memmingen fängt mit M an wie Mittelalter. Der reine Fruchtbarkeitswahn wurde schon im 19. Jahrhundert langsam aufgegeben, als Folge der Industrialisierung und der Verstädterung. Nicht mal die Bauern, die nur

ihr begrenztes Land hatten, zeugten einfach vor sich hin. Sie müssen, was aus Statistiken hervorgeht, eine gewisse Geburtenkontrolle betrieben haben, von der man nicht viel weiß. Prompt haben sie dem Überflieger Semmelweis ein Schnippchen geschlagen. Mehr Gebärerinnen blieben am Leben als vorher, das haben sie ihm zu verdanken. Aber der Nachwuchs schwoll keineswegs an, wie der Frauenarzt es erhofft hatte.

Mit dem Nachwuchs habe auch ich kein Problem mehr, nicht mal meine Töchter betrifft es noch. Aber deshalb verabschiede ich mich doch nicht von diesem Problem als Aufgabe, weder in meinem Kopf noch in meinem Gefühl. Zu schmerzlich lebhaft sind die angstverzerrten Bilder meiner Jugendjahre in meiner Erinnerung bewahrt und jederzeit abrufbar. Verlassen von allen Erwachsenen (die es besser hätten wissen müssen, dachten wir, und das war falsch), mußten wir diesen zentralmenschlichen Widerspruch erleiden oder regeln: die Lust an der Liebe zu haben, aber nicht gleichzeitig eine Familie gründen zu können. Eine elementare Notsituation. Und bezahlen mußten wir cash, meist lebenslang.

Am Tag, als die Pille kam, hätte ich dem amerikanischen Professor Pincus am liebsten einen Blumenstrauß geschickt, obwohl ich heute weiß, daß seine Vorreiterin, und viel später seine Mitarbeiterin, die Krankenschwester Margaret Sanger, schon zu Beginn dieses Jahrhunderts und kontinuierlich immer wieder auf das Problem

der Übervölkerung und der Notwendigkeit einer Geburtenkontrolle hingewiesen hatte. Sie ging dafür sogar ins Gefängnis und wurde dadurch zum staatlich anerkannten Politikum. 1960 beschwor sie unter dem Stichwort »Familienplanung« als »Mutter der Verhütung« jenen »Vater der Pille«, in der vorgegebenen Richtung weiterzuforschen. Dann folgte der Feldversuch an den 1000 Puertoricanerinnen, und endlich wurde die Pille in ihrer 1. Generation freigegeben.
Ich bekam sie, die kleinen grünen Kügelchen, 1961 von meinem Doktor. Da war ich schon 38. Aber es war wie Weihnachten, Walpurgisnacht und Tag der Deutschen Einheit zusammen. Blindlings griff man damals zu dem neuen Verhütungsmittel und nahm alle Nebenwirkungen in Kauf, von denen gemunkelt wurde. Auch unsere Gynäkologen kannten sich noch nicht recht aus. Uns war jedes Mittel recht, das wirklichen Schutz vor weiteren Nachkommen sicherte. Die meisten von uns hatten schon geboren und auch abgetrieben. Wir waren diese alleinerziehenden Mütter – den Begriff gab es allerdings noch nicht. In niemandes Bewußtsein westen wir als Gruppe. Auch nicht beim Finanzamt, das doch sonst seine Schäfchen mit Argusaugen hütet. Wir durften als berufstätige Mütter weder Kinderfrau noch Haushälterin von der Steuer absetzen, was jedem Koofmich mit Sekretärin und Putzfrau zustand. Welchen »Nebenwirkungen« wir gestandenen Frauen und die jungen Leute, halbe Kinder noch, ohne Verhütung ausgesetzt waren,

brauche ich nicht mehr zu beschreiben. Höchstens nur noch einmal kurz ins Gedächtnis zu rufen.
Das Schwert, das seit der Pubertät immer über uns geschwebt hatte, konnte plötzlich, von einem Tag auf den anderen, abgehängt werden. Ein Freudentag. So viele schlaflose Nächte, so viele Tropfen Angstschweiß hatten wir hinter uns, daß wir auch entnervt abwinkten, als unsere wirklich feministischen Freundinnen sagten: »Warum nicht die Pille für den Mann?« Sie hatten ja recht, aber zunächst war unsereiner gerettet. Das Frauenleben hatte jeden Monat ein sicheres Ufer bekommen. Die Wissenschaftler sollten ruhig weitererfinden, klar, später, wenn endlich auch der Lippenstift patentiert wäre, der haftet und nicht schmiert, oder der garantiert maschenfeste Seidenstrumpf. Gerechtigkeit, gut und schön, aber Freiheit und Sicherheit für die eigene Haut first. Daß diese Pille für den Erzeuger immer noch nicht erfunden, veröffentlicht oder angenommen worden ist, nach nunmehr dreiunddreißig Jahren, sagt alles über den Stand der Gleichstellung und der Gleichberechtigung der Geschlechter aus. Wo Vaterflucht nur ein Kavaliersdelikt ist, setzen sich unsere erfinderischen Wissenschaftler nicht einfach an den Tisch, zur Entlastung der Frauen. Wenn's freilich um Abtreibung geht oder – noch schlimmer – um Kindstötung als Verzweiflungstat, da tagen die gefühllosen Akademiker und Theoretiker und maßen sich Recht und Augenmaß an über Delikte, die sie höchstens auslösen, aber selten aus-

baden. Das Prinzip ist alles, Fleisch und Blut hingegen haben etwas Degoutantes im Justizalltag.
Die Pille, damals nachgewiesenermaßen viel zu hoch dosiert und bei bestimmter Körperkonstellation auch mit gefährlichen Nebenwirkungen behaftet, wurde dennoch schnell zum Millionending, auch für ihre Hersteller, und wirkte bei gewissen Krebserkrankungen sogar vorbeugend. Aber vor allem für die empfindliche Psyche der Frauen war sie äußerst komfortabel. »Genuß ohne Reue« hieß damals ein Slogan. Er bezog sich zwar auf eine Zigarettenmarke. Aber auch den Nichtraucherinnen klang er süß in den Ohren.
Auch damals gab es die ideologische Einrede: Nunmehr sei, chemisch verkorkt, die Frau dem ständigen Zugriff des Mannes ausgeliefert wie nie zuvor. Aber ich habe mir schon damals gedacht, die ständigen Greifer sind sowieso durch kein Argument zur Raison zu bringen. Es sei denn, man verläßt sie, und das ist viel leichter ohne Kind im Bauch. Diesen Typen, denen jede Konsequenz gleichgültig ist, lag fast jede Frau schon einmal im Leben gegenüber. Für die ist Verantwortung ein Fremdwort. Die lassen es auf den Vaterschaftstest, auf Unterhaltsklagen und auf Querelen mit den Behörden ankommen.

Unter diesen Frauenhassern sproßten plötzlich Exemplare aus dem Mutterboden, die ihre geschwängerten Frauen vor Gericht brachten, weil sie die Pille abgesetzt hatten, ohne es ihnen mitzuteilen. Arglistige Täuschung

sollte das sein, Vertrauensbruch, mit dem sogar der Bundesgerichtshof befaßt wurde. (Archivmaterial vorhanden.) Sicher gab es solche Ausnahmefälle in der Statistik der Paare genau so selten wie eine gelegentlich mißglückte Sterilisation. Die ist grundsätzlich irreversibel; ein Kind freilich auch, falls die chemische Verhütung aufgehoben wird, was von Tag zu Tag immer möglich ist. Disharmonische Diskussionen zum Thema »Kind ja oder nein« sind juristisch nicht zu lösen. Da sollte man als Frau seine Liebhaber vorher ein wenig genauer anschauen oder sie rechtzeitig zum Reden bringen. Irrationaler Gegenstand? Ja.
Als meine Töchter in die Pubertät kamen und das andere Geschlecht in die Augen faßten, da ließ ich ihnen selbstverständlich von unserem Doktor die Pille verschreiben, die inzwischen zierlicher, leichter zu handhaben und unbedenklicher geworden war. In diesem lebenswichtigen Punkt gab es bei uns keine Diskussion; wenigstens da wollte ich der nachrückenden weiblichen Generation glaubwürdig bleiben – was in vielen anderen Auseinandersetzungen für eine Mutter mit mißtrauischen Töchtern nicht leichtfällt.
Sie erlebten ihre ersten Liebesabenteuer in angemessener Weise wie ihre meisten Freundinnen auch, ohne die zermürbenden Ängste unserer Generation. Ihre Probleme bohrten sich vielmehr in die gegenseitigen Normen und Werte des Zusammenlebens, in die psychischen Differenzen mit ihren gleichaltrigen Freunden und nicht

nur in die Tabellen mit dem Eisprung wie seinerzeit, zu meiner Zeit. Ich empfand das als normales Frauenleben, erste Phase, und sah es meistens aus der Distanz.
Wie vom Donner gerührt war ich, als eins meiner Kinder verkündete: »Die Pille nimmt kein Mensch mehr. Sie macht dick, ist ungesund und überhaupt.« Da wird die Emanzipation zu einem historischen Phänomen. Ein Sexleben, wie ich es als junge Frau führen mußte, heimlich, sanktioniert, diffamiert und ständig auf der Hut, ohne ausreichende Unterstützung der Männer, vor allem wenn es illegitime waren, das können sich die jungen Frauen von heute gar nicht mehr vorstellen. Abtreibung strengstens verboten. Adressen von willigen Ärzten unter der Hand weitergegeben. Ausführung teuer und auf eigenes Risiko.
Nun lehnen also viele junge Leute die sichere Verhütung durch die Pille ab. Reden sich aufs Kondom heraus, das sie aber oft auch nicht dabeihaben oder »heute gerade wirklich nicht« brauchen. Die ewige unsichere Rechenmethode hatten wir auch schon, als einzige wackelige Hilfskonstruktion, weil ja der gute Opa Adenauer die Automaten mit den Gummis in den Männerklos abmontieren ließ. Und in die Apotheke zu gehen und in aller Öffentlichkeit nach einem Pariser zu fragen (so sagte man damals, wenn man den Gegenstand überhaupt in den Mund genommen hat) – nein, das hätte sich unsereiner auch mit dreißig einfach nicht getraut, trotz dringenden Bedarfs. Und einem Liebhaber einen Inter-

ruptus abzuverlangen, das war eine Heidenarbeit. Unsere Töchter und Enkelinnen, unsere Söhne und jungen Liebhaber, nun so gut und billig ausgestattet, finden die feinen Hütchen dann doch gelegentlich lusthemmend, umständlich und was weiß ich! Das Haar in der Suppe. Die Statistik zeigt auf Verweigerung, was die Öffentlichkeit nicht erwartet hatte. Dabei droht der heutigen Jugend noch dieser tödliche Fluch der Immunschwäche, wogegen ein Tripper zu meiner Zeit nicht mehr als ein Schnupfen war.

Meine Überlegungen zu diesem Thema sind längst theoretisch geworden. Als Gesprächsstoff ist das Thema sowieso nicht beliebt. Man übergeht es weltmännisch/weltfraulich: Über Binsenweisheiten brauchst doch du nicht mit mir zu reden! Und dennoch ereignen sich täglich noch immer Tragödien bei jungen Paaren, die auf unkontrollierte oder – besser – unreflektierte Sexualität zurückzuführen sind. Nur die allerjämmerlichsten Fälle geraten in die Mühlen der Justiz oder, schlimmer noch, werden Futter für die sensationsgierige Presse. Das sind eher Opfer als TäterInnen, oft klassenspezifisch verwurzelt. Die meisten tragen dieses banale Schicksal lebenslang, finden schwer Auswege. Andere greifen zur Gewalt, weil ihnen, als es zu spät war, kein anderes Mittel mehr einfiel, um das Versäumte auszubalancieren. Was in den Schulen gelehrt wird, weiß ich nicht. Das Thema wird dort zum mindesten offengelegt, nicht verschwiegen. Aber die geschlechts-

reifen Kinder glauben den Worten der Erwachsenen nicht. Können zum mindesten bei der ersten Panne die Dimensionen des Ereignisses für ihr zukünftiges Leben nicht ermessen.
Ich wollte, ich könnte sie alle warnen, gönne ich ihnen doch die befreite Sexualität, die ich erst im Alter nun auch genieße. Aber wahrscheinlich würden sie mich auslachen. So perfekt haben wir sie mit allem versorgt. Ein Gummi ist einerseits so verfügbar wie ein Chewing-gum. Andererseits ein ungeliebter Gegenstand wie eine Zahnspange. Kein Grund zur Meditation, solange nichts passiert ist.

Die ganze Gesellschaft geht ungern mit zukünftigen, voraussehbaren Bedrohungen um. Hat oft nicht mal die Geduld, wenigstens eine gewisse Zeit (im Hinblick auf eine attraktivere Zukunft) mit kleinen Verzichten zu leben. Im Bett nicht mal für zehn Minuten.
Den jungen Mann kontrolliere ich selten in seinem Verhalten. Aber ob er Präservative hat, das frage ich gelegentlich nach. Ich schau auch schon mal in sein Neccessaire – oder in seine Nachttischschublade. Ich brauche sie ja nicht.
Aber er vielleicht …

10 Carmen und andere
oder: Eine Exkursion in die Große Oper

In Schönheit sterben, dabei kunstvoll singend, so lieben wir unsere Opernheldinnen – ein Beruf mit einer äußerst niedrigen Lebenserwartung. Wer ist schon am Tod von Liebhaberinnen interessiert, wenn sie bereits Kinder geboren haben? Aida mit Zwillingen oder Rusalka mit einem verwöhnten Sohn? Nein. Singende Mütter stehen auf der Bühne nicht hoch im Kurs. Denken Sie nur an die Königin der Nacht, eine infame Negativfigur mit einer erwachsenen Tochter. Die galanten und die lyrischen Heroinen in der Oper haben keine Mütter – eigentlich waren sie auch nie Kinder, verraten nichts über ihre Jugend. Sie werden nur in ihrer kurzen Blütezeit dargestellt, geschlechtsreif, so drei, vier Akte lang. Von Glück können sie noch reden, wenn sie wenigstens von ihrer eigenen Schwindsucht dahingerafft werden wie Mimi. Elisabeth Bronfen schreibt dazu (in »Nur über ihre Leiche«): »Symptom einer schuldbedingten Wendung des Todestriebs gegen sich selbst« und assoziiert, so eine noble Krankheit inszeniere am weiblichen Körper die Überlegenheit des Geistigen und verrate das Desinteresse an der vergänglichen fleischlichen Hülle. Da haben wir's mal wieder. Durch gute Erziehung verordnete Sittlichkeit. Die PR, die von einer weiblichen Titelfigur ausgeht, darf nicht unterschätzt werden. Dennoch sollte sie die Bühne möglichst als Leiche verlassen, sonst würden die müden Manager und Ministerialbeamten (auf Freikarten) ihre Frauen überhaupt nicht mehr in die Oper begleiten. Also: ein Toast auf Manon und die Stumme von Portici, auf Tosca, Norma und Lucia, auf La Bohème und La Traviata, auf Alcina, Elektra, Schwester Angelika und Madame Butterfly, die entkörperlichten Schwestern. Alle kommen sie zum Schlußapplaus als Leichen. Dagegen ist ein rasend eifersüchtiger Mann schon sehr auf die gerade noch lebende, weibliche Fleisches-Hülle fixiert, selbst wenn es nur der Bruder ist, zum Beispiel Don Carlos, der Leonoren in der »Macht des Schicksals« umbringt und ihr zu einem ästhetisch einwandfreien Tod in jungen Jahren verhilft. Aber der verpönte Liebhaber ist schließlich auch nur ein »Halbblut«. Da versteht jeder richtige Rassist die Empörung.

Der Opernfreund schätzt die weibliche Leiche auf der Bühne, sofern ihr Abschied voller Wohllaut erfolgt. Sie ist tot, wohingegen man selber lebt, eine Argumentation, die vor allem Männer mit praktischem Verstand, als Verfechter der normativen Ordnung, nicht außer acht lassen. Man kann nicht verhehlen, daß die Primadonna vorher das Objekt der Begierde war, verstrickt in zarte Bande mit einem oder womöglich mehreren Männern, die ihrerseits oft am Leben bleiben. Gern gesehen ist die

lose Verführerin, mit der es ein schlechtes Ende nimmt. »Carmen« zum Beispiel. Da lacht der Moralist unter Tränen.
Carmen kennt jeder, auch der sie nicht kennt. Ein rassiges schwarzhaariges Weib, in einem Flamencokleid, enge Taille mit zahllosen Volants, Ausschnitt, Busen, Pumps. Die rote Nelke im Haar, wenn nicht sogar gelegentlich zwischen den weißen Zähnen, falls die Sängerin gerade tacet. So wirkt sie ganz feminin, die männliche Sexenergie artig herausfordernd, wie sich's gehört. Weiblicher geht's nicht. Sie trällert zwar aufsässige Lieder, aber dafür ist sie ja auch bei der Premiere in Paris 1875 durchgefallen. Der Typ Carmen soll uns im Zuge der üblichen Opernrezeption versichern, daß für jeden Mann die weibliche Schlange gefährlich ist, weil man seit anno Paradieso einfach zugreifen muß. Der liebe Gott hat sich das so ausgedacht. Das Stereotyp heißt immer Püppi, auch wenn die Partnerin Eva, Margarete oder Fiakermilli genannt wird. Trotz abweichenden Kostüms soll man Carmen beispielsweise mit der armen Madame Butterfly verwechseln, mit allen hingebungsvollen Frauen der Welt eben. (Ich sage nur Kundry!) Oder mit Violetta, der Traviata, die aus Liebe zu ihrem Galan auf alles verzichtet, selbst auf das Leben. Auch sie schafft's mit der Schwindsucht. (Sucht!) Ein Opfer auf dem Altar der Bourgeoisie, obwohl Violetta dieser Gesellschaftsschicht nicht angehört. Hier tritt auch ein ordentlicher Vater auf,

damit man weiß, wo Barthel den Most holt. Natürlich Alfreds Papa, ein seriöser Bariton Sie hat selbstverständlich keinen, womöglich nie einen gehabt, in den Kreisen, wo man vom rechten Wege abirrt (»La Traviata« = traviare, auf Abwege geraten). Die Sopranistin ist ganz Frau, ganz Hingebung, ganz passiv, wie man die Frauen gegen 1850 gern gehabt hat. (Auch im Bett, Herr Dumas?) Als die Garbo die Kameliendame gab – ohne Singen –, da war Sex-Appeal auch nicht gerade ihre Stärke. Dafür zeigte sie das Gefühl, das Männern im Kino (hauptsächlich da) so gefällt. Erst sentimental, dann tot, eine schöne Mischung. Und: Eine tote Geliebte altert nicht! Das kommt noch hinzu.

So war auch in Sevilla alles immer gut mit L'Amour auf bunten Flügeln. Daran war ich gewöhnt. Dann sah ich in Berlin Harry Kupfers »Carmen«, und es fiel mir wie Schuppen von den Augen. Carmen als Barbiepuppe war hier kein Modell mehr. Dieses sterile Idol ist nie eine wirkliche Verführerin: Barbie trägt alle Insignien der hurigen Unterwürfigkeit. Die Männer brauchen nur ihre Hände auszustrecken. In der Verführungsindustrie ist das Pin-up-Girl passiv, es will und soll genommen werden wie ein Stück Ware. Die Requisiten stellt es zur Verfügung. Regie führt der Patriarch; Opas Sexhex *dient*, auch wenn sie zum Beispiel Kundry heißt, auf allen Kontinenten. Verführt werden, dein Name ist Weibchen.

Carmen nicht. Carmen ist subversiv, anarchisch aktiv,

wie ein Mann. Eine phallische Frau eben. Was ist das? Manche benützen den Begriff als Schimpfwort. Hören auf einem Ohr »Phallus« und auf dem andern Ohr gleich im Stereoton »Kastration«. Falsch, ganz falsch. Wenn wir glauben, daß alle Menschen männliche und weibliche Anteile besitzen, dann sind es die phallischen Frauen, die ihre männliche Hälfte vorzeigen, es muß ja nicht gleich ein Stück vom Macho sein. Sie verbergen, verdrängen sie nicht, wie das ihre älteren Schwestern machen mußten, heute oft noch machen zu müssen glauben. Die kulturelle Überformung der Geschlechtsrollen läßt androgyne Assoziationen immer noch nicht gern zu. Obwohl die Identifikation mit dem anderen Geschlecht schon das kindliche Verhalten bestimmt – bei gewissen kleinen Vatertöchtern. Aber auch als Papas Liebling wird einem nicht automatisch Freuds Penisneid übergestülpt. Ein bloßes Gerücht, das unsere autoritären Onkels in die Welt gesetzt haben.
Mit meiner Anatomie war ich immer zufrieden, bis auf den heutigen Tag. Aber die gesellschaftliche, das heißt ja auch die erotische Rolle, die hat mein Vater mit mir eingeübt. Zu meinem Glück. Mein Verhalten war grundsätzlich aktiv, furchtlos, autonom. Mit der Freiheit hatte ich etwas am (Damen-)Hut. Was stark an mir war, das habe ich schon als Kind im Windschatten meines Vaters nicht zu verstecken brauchen. Ich verstecke das heute noch nicht. Einen Protektor habe ich nicht mehr nötig – würde ich natürlich auch in meiner Generation

nicht mehr finden. Meine Wähler wollen von mir protegiert werden. Nicht umgekehrt.
Über Carmens Vater wissen wir nichts. Aber Monsieur le père Mérimée verpaßt seiner Heldin die Autonomie der Wahl, die Freiheit der Leidenschaft, wie man sie sonst nur den männlichen Helden zugesteht. Das Motto, das er seiner Novelle vorangestellt, mag verwundern: »Jede Frau ist bitter wie Galle; aber sie hat zwei glückliche Augenblicke, einmal im Bett und das andere Mal im Tod.« Na ja, diese Weisheit hat sich ein alter Grieche ausgedacht. Vielleicht hatte er trotzdem Xanthippe im Auge. Aber die Zigeunerin Carmen im 19. Jahrhundert handelt nicht wie eine frustrierte Hausfrau, sondern wie ein starker Mann. Harry Kupfer läßt sie folglich sowohl in der Lederjacke auftreten wie auch im eleganten schwarzen Hosenlook des Flamencotänzers. Ihre blonde Mähne stopft die Sängerin vor unseren Augen unter den breitkrempigen flachen Hut. Sie nimmt sich den schwachen José, das Muttersöhnchen vom Lande, zur Brust – trägt dagegen keinerlei mütterliche Verantwortung für ihn. Selbst wenn sie alt würde, ließe sie sich bestimmt von ihrem Mann nicht »Mutti« titulieren, wie hierzulande weit verbreitet. Als sie sich vor dem Dolch des baskischen Soldaten im letzten Akt durch ein falsches Versprechen, durch ein paar beschwichtigende Lügen hätte retten können, wählt sie die Freiheit des Wortes. Das kostet sie auch prompt das Leben.

Carmen verführt den schwächeren Mann durch direkte Handlung. Sie stellt sich nicht in Positur, macht nicht »Cheese« auf Befehl. Sie müßte sich auch als Abgewiesene am Ende nicht umbringen, weil sie nur noch mit Chanel N° 5 im Bett liegt, wie unser aller Marylin. Wer hier abweist, das ist Carmen selbst. Ihre Tragödie: Ihr Spiel funktioniert nur mit schwachen Männern, die ihr nicht gewachsen sind oder die sie bald langweilen. Als phallische Frau versucht sie, den Spieß umzudrehen. Sie wählt die Partner, wie Männer ihre »Bienen« aufreißen. Doch die Mädchen (selbst »leichte«) schwingen selten das Messer gegen ihre Peiniger. Im Tötungsgewerbe ist ihnen jeder Bubi überlegen. Da muß auch Carmen dran glauben.

Soviel zu einem neuen Carmen-Bild. Eine emanzipierte Zigeunerin, die keine Reizwäsche kauft, obwohl sie ihr eigenes Geld in der Fabrik verdient; die nicht wie die Nutten und Edelnutten aus anderen Opernlibretti durch Prostitution ehrlich (ehelich) werden wollen. Der Berliner Regisseur hat hier nicht die Konvention für die Abonnenten abgekupfert, sondern er hat den Text genau gelesen mit den Augen eines Menschen der achtziger Jahre, für den Emanzipation kein Fremdwort mehr ist.

Gestorben muß sein, ich seh' es ja ein, auf der Opernbühne. Vor allem vom weiblichen Solopersonal. Aber nicht alle Leichen müssen entzückende Dummchen gewesen sein, bevor der Tod ihnen die Bedeutung von lebenden Männern verleiht.

11 Wie man sich bettet
oder: Liegenschaften

Sonderbares Möbel: Im Bett wird der Mensch geboren und im Bett stirbt er. Auf der Matratze liebt er, sich und den anderen, zwischen Kissen verkriecht er sich und weint; unter die Decken schlängeln sich die Träume – die guten und die bösen –, wenn der kleine Tod, der Schlaf, unsere Widerstandskraft geschwächt und unsere Imagination gestärkt hat. Als Babies und Kinder bettet man uns: Die Schlafzimmerregie führen andere, die Großen. Sobald wir erwachsen sind – oder uns so fühlen –, betten wir uns selbst, solange wir können. Oft verteidigen wir mit Klauen und Zähnen unsere horizontale Intimität und ziehen andere mit hinein. Sobald wir einen Mitschläfer oder gar einen Beischläfer gefunden haben, finden auf diesem Schlachtfeld die großen und kleinen Scharmützel statt: Federbett gegen Wolldecke, frische Luft gegen Höhle, Schlafanzug gegen Nachthemd, Mumie gegen Nacktheit, Besuchsritze gegen Superquadrat, Fußstütze oder Kopfstütze, lesen, rauchen, gestehen: vorher/nachher. Da prallen Welten aufeinander, anerzogene – selbsterworbene.

Völlig klar, daß es mein Vater war, der mich ins Bett brachte, da ich doch ohnehin nicht gehen wollte. Ich empfand es als eine ausgesprochene Gemeinheit der Großen, die Kinder dann wegzuscheuchen, wenn es spannend wurde und alle beieinandersaßen, nämlich am Abend. Ich sehe noch den Blick meiner Mutter auf die Uhr, wenn meine Zeit abgelaufen war. Dann tastete ihre Hand nach der Klingel, die vom seidenen Lampenschirm herunterbaumelte. Das war das Zeichen zum Aufbruch; das Mädchen mußte mich holen, ausziehen und schrubben, und dann »durfte« ich noch gute Nacht sagen. So wurde ich gebettet, unter Tränen – nur mein Vater konnte den Gewaltakt entkrampfen, indem er zu mir und zu meinem Teddybären kam und uns in den Schlaf summte oder redete. Natürlich kannte ich auch das Elternbett im Schlafzimmer, das ich Sonntag morgens besteigen durfte. Da lagen drei Menschen mit zwei verschiedenen Geschlechtern beieinander. Mir kam das natürlich vor, wohl auch, weil es dafür keine Etikette gab. Dennoch schmiegte ich mich fester an meinen Vater. Mit ihm war es einfach lustiger. Aber ich habe auch keine schlechten Erinnerungen an meine Mutter mit aufgelösten Haaren und in zartfarbigen langärmeligen Nachthemden. Da war sie mir näher, weicher, weniger gepanzert. Diese Sonntagsfaulenzereien hatten etwas Demokratisches, ohne Harm und ohne Auftrumpfen. Wir waren als Familie mit der Welt zufrieden. Ich lag da gern im Ehebett.

Die ersten aushäusigen Varianten gab es dann auf Schulausflügen, in Jugendherbergen oder in Zelten, oder – Gipfel der Exotik – im Heu. Aber alles mit den Requisiten, die man von zu Hause mitgeschleppt hatte (Schlafsack, Kopfkissen, Kulturbeutel, Betthupferle), und nach den Regeln, die man hinter die Ohren geschrieben bekommen hatte (dezent die Kleider wechseln, nicht nackt herumlaufen, die Blicke senken). Da waren wir immer viele, doch die Nuancen zwischen uns waren gering. Nur, daß eine sich vielleicht ein bißchen gründlicher wusch als die andere. Man kroch auch mal kurz zu einer Freundin unter die Decke, aber nur, um ihr ein lebenswichtiges Geheimnis ins Ohr zu flüstern. Keine unkeuschen Gedanken – oder habe ich sie verdrängt?

Mit dem Geheul der Sirenen geriet der Bettenkodex jäh außer Rand und Band. Nächtlicher Fliegeralarm störte jede Intimität und setzte im Luftschutzkeller alle Regeln außer Kraft: Scham und Diskretion, bürgerlichen Anstand und mädchenhafte Scheu, Anspruch auf Komfort und Stille. Man hockte und lag auf Pritschen und Bänken mit mehr oder weniger fremden Menschen. Ich gestehe, daß in mir auch ein geheimes Prickeln entstand, wenn ich mit neugierigen Blicken hinschaute, anstatt weg. Die halbentblößten Nachbarn, die stillende Mutter, der offene Mund des schnarchenden Hausmeisters, das waren neue Bilder für mich. Freilich bettete sich so kein Mensch freiwillig.

Luftschutzkeller waren Zwangsunterkünfte. Die Regie führten die »feindlichen Kampfflugzeuge«, die im Radio oder durch Fliegeralarm angekündigt wurden, weil sie in unseren »Luftraum eingedrungen« waren. Sirenengeräusch assoziiere ich noch heute unmittelbar und unreflektiert mit dem Erlebnis »Krieg«, angstvoll.
Allerdings hatte ich damals immerhin schon an gewissen Nachmittagen das Doppelbett eines Mannes bestiegen, um dort zu tun, was er mich hieß. Das passierte wenigstens ohne Augenzeugen. Hab' *ich* mich so gebettet auf Stuttgarts halber Höhenlage? Oder *wurde* ich gebettet?, von einem Mann in dunkelblauen Wildlederschuhen, für mich der Gipfel an Eleganz, die er natürlich auszog, wenn die Situation es erforderte. Das Ambiente war mir so fremd wie die Handlungen, die ich dort halb unbewußt ausführte. Da standen die Bücher in offenen Regalen herum und nicht hinter Glas. Das breite Bett dehnte sich, zugedeckt mit irgend etwas Buntem, im Wohnraum. Und im Grammophon gab es nicht, wie zu Hause, Enrico Caruso, sondern die Comedian Harmonists. Ich tat so, als sei mir das alles geläufig, ich – die Frau von Welt mit gerade sechzehn – wollte mir keine Blöße geben, außer meiner Blöße. An die gewöhnte ich mich zunehmend – *er* lief ja auch nackt herum. Er vermittelte mir, neben seiner Zärtlichkeit, das Gefühl, für voll genommen zu werden. Das war das Wichtigste in jener Jugendphase. Gleichberechtigung war's, wonach ich lechzte zwischen meinem ersten Liebhaber und mir.

Obwohl er dreiundzwanzig Jahre älter war als ich und eindeutig mein Lehrer in fast allen Fächern, nahm er mich nicht als die süße kleine Lulu oder Lili, sondern er gab mir die Sicherheit, als junge Erwachsene mit einem fast Vierzigjährigen ein gemeinsames, freiwilliges Spiel zu spielen, an dessen Regeln ich mitwirken konnte. Als Schlesier zitierte er gern Lenau und hatte als Schauspieler Ibsen drauf. Auch schloß ich bei ihm Bekanntschaft mit Mackie Messer, den man bei uns zu Hause nicht eingeladen hätte. Er war ein guter, rücksichtsvoller Liebhaber, auch gelegentlich bei einem Treffen nach dem Krieg.
Die unstabilen Zeitläufte sorgten für häufigen Kulissenwechsel, der nicht mit den Emotionen zusammenhing. Man bettete sich unterschiedlich, oft nur, weil eine schöne Gelegenheit da war, weil so viele Freunde gefallen waren oder weil man selbst bis hierher überlebt hatte.
»Halb zog sie ihn, halb sank er hin« – oft ist nicht mehr zu entwirren, wann wer wen wo gebettet hatte. Eine, die man drängen mußte oder die man Knopf um Knopf belagern mußte, war ich nie. Ich entschloß mich oder nicht – für einen Mann oder auch nur für eine Situation. Dabei hatte ich ständig das Bewußtsein, eine ganz Verruchte zu sein (Muttis Stimme). Aber auch meine Freundinnen waren daran nicht unschuldig, weil sie mir erzählten, sie seien zwar mit diesem und jenem ins Bett gegangen, »aber nur wie Bruder und Schwester«. Das habe ich wahrhaftig geglaubt, solange ich schwanger,

verheiratet, geschieden war. Bis mir dann doch mal ein Kavalier steckte, welche Frauen aus meiner Runde er auch schon im Bett »gehabt« habe. Das war zwar nicht fein, aber hilfreich. Ich beobachtete von da an mein weibliches Umfeld skeptischer.

Meine heimlichen Affären kriegten meine Kinder und die unvergessene Mitzi, die Haushälterin, natürlich viel genauer mit, als ich glaubte, obwohl ich mich selten zu Hause bettete. Die Bereitschaft, sozusagen im Vorfeld einer Beziehung schon das eigene Schlafzimmer aufzuschließen, war nicht so groß, obwohl manchmal unumgänglich. In fremden Wohnungen oder Hotels fühlte ich mich freier, vor allem in der Frühphase einer Beziehung, bevor sie sich freiwillig oder unfreiwillig wieder auflöste oder verlängerte. Gelegentlich blieb man auf dem Teppich mit seinem Temperament, anderswo kam man reizvoll zu Stuhle oder man bettete sich am Busen der Natur. Alle die Varianten fielen mir leichter in anderer Umgebung, im Schwebezustand der Werbung und der Ungewißheit.

Mit der Ehe oder der sicheren Aussicht auf Beständigkeit nahm das bürgerliche Bettgestell an Bedeutung wieder zu. So kurios waren und sind die Grundrisse in meinem Kopf betoniert, wo ich mich doch immer für so extrem unangepaßt gehalten habe. Vielleicht liegt's am (noch immer eher) gestauten Nachrichtenfluß über die wahren und wirklichen Bettgeschichten meiner Umgebung; vielleicht aber überkommt den Menschen

nach einer gewissen Zeit eine natürliche Trägheit bei seinen Hobbies. Oder gibt es am Ende gar einen Respekt vor der eigenen legitimen Paarung? Im kultivierten Schlafzimmer, mit der seriösen Bettwäsche und den ausgewählten Nachtgewändern, der richtigen Beleuchtung? Gebettet wie die Löffelchen in der Silberschublade?
Und im Falle von wirklichen Liebesgeschichten, ach, du meine Güte, da haben Möbel wirklich nicht die geringste Bedeutung. Da bettet man sich auf Bänke und Tische, läßt sich in Autopolster oder Bahnplüsch drücken, nimmt mit Viertelliegen und halben Biedermeiersofas vorlieb und hat nicht mal ein gutes Gewissen als Ruhekissen nötig. So oft passiert es ja nicht im Leben. Kulissenzauber muß eher für die Herstellung einer Illusion herhalten, an die man eigentlich nicht glaubt, die man sich aber dann und wann in den Kopf setzt, wie beim Werbefernsehen. Sonnenuntergang, Fächerpalme, der Duft der großen weiten Welt, dann ist fast wurscht, wie der Statist heißt, der mit einem gemeinsam, just an diesem herrlichen Mittwoch, dieses wunderbare Feeling herstellt.
Mein erstes Kind wurde bestimmt gezeugt im Ehebett meiner Eltern, als die in Urlaub waren. Gewiß nicht mit Absicht, aber – Gelegenheit macht Diebe. Geboren habe ich mein Töchterchen als Neunzehnjährige. Da lag ich erschöpft in einem Krankenhausbett und hatte ein kleines Würmchen neben mir. Meine Mutter war mit

dem Zug herbeigeeilt, um mir zu erklären, daß ich mir mit diesem Ereignis mein Leben nun total verdorben hätte.
Adam und Eva haben kein Bett gehabt. Das fehlte im Paradies. Und bei denen ist es ja tatsächlich auch schlecht ausgegangen. Dennoch zeugt ihre Milliardenbrut weiter, auf Pritschen und Fellen, in Heuhaufen und Lumpenbündeln und in Prachtbetten des Gelsenkirchener Barock. Ich auch.
Also doch: das Plumeau – mein Schicksal? Aber wer schüttelt's wirklich? Bin ich es selbst, was ich mir zu gerne einbilden möchte, wenigstens im Falle meines Paarungsverhaltens. Das ist in meiner Sicht immer aktiv, kreativ, spielerisch gewesen, behaupte ich einmal. Oder bin ich doch von unterschiedlichen Partnern gelenkt worden, von patriarchalischen Situationen, von gesellschaftlichen Zwängen? Ich denke immer heftiger darüber nach, je näher mir das Sterbebett rückt, das wir wohl kaum für uns selber aufbetten können. Wäre das der endgültige Beweis unserer lebenslangen kreatürlichen Ohnmacht, daß wir in einem Bett enden, in das uns andere gebettet haben?
Das möchte ich gern noch herausfinden, weil ich doch so neugierig bin. Aber wer weiß – vielleicht ist es dann zu spät.
Da hat mir kürzlich eine alte Frau einen Spruch vom Angelus Silesius aufgesagt (aus dem »Cherubinischen Wandersmann«), der sich mir fest eingeprägt hat, weil

er mir einleuchtet. In seinen geistlichen Dichtungen hat sich dieser halbe Pole und halbe Mystiker natürlich auch mit seinem, unserem, Ende befaßt. Unter der Überschrift: Das geistliche Sterben schreibt er:

Stirb, ehe du noch stirbst, damit du nicht darfst
sterben,
Wenn du nun sterben sollst; sonst möchtest du
verderben.

Vielleicht sollte ich mir diesen Satz übers Bett hängen. Obwohl – oder besser noch – *weil* gelegentlich ein junger Mann mit mir drin liegt, der mit dem Tod nichts am Hut hat.

12 Witwenverkennung

oder: Betrachtungen von jenseits des Ganges und anderwärts

Was ist eine Witwe? Zunächst einmal eine alleinstehende weibliche Person, wie viele weibliche Singles in unserer Gesellschaft. Der Unterschied zwischen diesen und jenen ist weder das Alter, der Besitz oder der Beruf; der Unterschied ist, wie schon das Wort verrät, daß bei der Witwe vorher ein anderer Zustand ihr Leben bestimmt hat. Sie hat eine Vergangenheit.

Witwenschaft bedeutet auf alle Fälle Veränderung. Übergang, Neuanfang. Klingt nicht schlecht. Vergleiche zwischen Lebensstadien sind immer fruchtbar, wertfrei, auch wenn die Chance durch einen Verlust erkauft worden ist. Nirgendwo steht, daß Witwenschaft soviel wie Ende, Sense, Finis heißt. Bei solchen Assoziationen dürfte es sich nur wieder einmal um die Einflüsterungen des Patriarchats handeln, das die Frauen in keinem Alter wirklich in die Freiheit entlassen will.

Oder wie schreibt da zum Beispiel unser Schiller, der aufgeklärte Geistesriese, Dichter der Jugend, Revolutionär und In-Tyrannos-Schleuderer, der moderne Utopist, wenn ich nur an den Marquis Posa denke:

Denn es geziemt der Witwe, die den Gatten
Verloren, ihres Lebens Licht und Ruhm,
Die schwarzumflorte Nachtgestalt dem Aug'
Der Welt in stillen Mauern zu verbergen …

Wenn ich das nicht aus dem Grimmschen Wörterbuch hätte, dann würde ich das überhaupt nicht glauben. Die Witwenverbrennung, gut (oder schlecht), daran haben wir uns gewöhnt – ist ja auch weit hin bis zum Ganges. Aber in Marbach oder Weimar oder Jena oder wie die von den Olympiern bewohnten Orte heißen, da sind wir auf solche Kleiderordnungen und Wohnvorschriften weniger gefaßt.

Sollte er sie auf seine »Lotte« gemünzt haben oder auf deren Schwester Karoline, die in des Professors Haushalt von Anfang an mit eingezogen war, möglicherweise deshalb, weil der Sturm-und-Drang-Bewegte sich lange nicht zwischen den beiden Fräulein von Lengefeld entscheiden konnte? Jung ist er schon gestorben, die beiden Witwen mußten demnach lange in Schwarz gehen.

Schwarz kann ja sehr kleidsam sein. Das kommt auf den Teint an. Aber zu dieser Farbe verdonnert und hinter Mauern verbannt zu sein – nein, das erscheint mir ungeheuer konventionell und, wer weiß wie oft – Maskerade. Ich kann mir nicht vorstellen, daß der Geheimrat Goethe, mit siebenundsechzig Witwer geworden, am Frauenplan als der schwarze Mann herumlief. Die Eintragung in seinem Kalenderheft »Meine Frau um zwölf nachts in Leichenschauhaus. Ich den ganzen Tag im Bett« sieht nicht gerade nach schwarzer Bettwäsche aus. Er hatte sie, die im eigenen Haus starb, die letzten zwei Lebenstage sowieso nicht mehr angesehen. Schwarz vermummt wird er wohl kaum den neuen Lieben nachgestiegen sein, so wie der blutjungen Ulrike in Marienbad. Aber die Frauen, die sollen!

Wem es schwarz ums Herz ist, wenn er seinen Mann verloren hat, der soll so lange und an jedem Ort schwarz tragen, wie er will. Jedoch wird auch die vollkommen niedergeschlagene Wittib eines Tages herausfinden, daß mit dieser gewaltsamen Trennung von einem Menschen, mit dem uns starke Bande verknüpft hatten, das Leben nicht vorbei ist. Jeder Fall ist individuell, gerade darum kann man ihn nicht kollektiv exekutieren.

Als ich Witwe geworden bin, war ich fünfundsechzig. Mein Mann war schon einige Jahre krank gewesen – ein Schläfer. Ein Beischläfer war er schon lange nicht mehr. Mir erschien das ganz »normal«. Fand doch auch ich, einmal müsse Schluß sein mit den galanten Spielen, die man lange genug genossen hatte. Ich holte den Todkranken nach Hause, nachdem deutlich war, daß die Ärzte im Krankenhaus auch nichts weiter mit ihm anstellten, was in seinem und meinem Sinne war. In der Großstadt bekommt der bedürftige Mensch Unterstützung nach seinen Standards. Eine Schwester und ein junger Zivildienstleistender entlasteten mich bei der Pflege. Ich konnte meinen beruflichen Pflichten nachgehen. Und mein Mann konnte in Ruhe zu Hause einschlafen. Er wollte sterben mit seinen einundachtzig Jahren.

Verlust kostet Kräfte, die Bürokratie auch. Ich tat alles, was nötig war, jedoch ohne jedes schwarze Kleid. Dennoch war ich Witwe, das heißt, eine Frau ohne Mann. Ich war zum erstenmal allein in unseren vier Wänden, und ich muß gestehen, mir gefiel das gar nicht schlecht. War ich doch zum erstenmal wirklich frei, was ich mir von Jugend auf gewünscht hatte. Ohne Eltern, Kind und Kegel, ohne Gatten und Gattinnenpflichten. Zugegeben, mein Mann war es nicht gewesen, der mich im Alltag so enorm mit Beschlag belegt hätte. War er doch eher ein Einzelgänger und Schweiger. Es war doch noch der Rest eines Rollenverständnisses, der mich meine Schreibmaschine fliehen ließ, sobald der Gatte im Haus war. Ich mußte »für ihn da sein«. Meine tote Mutter blickte mir dabei über die Schulter. Er hätte bestimmt eine komische Bemerkung gemacht, wenn ich das ausgesprochen hätte. Vielleicht hätte er sogar meinen Eifer als gelinden Erpressungsversuch angesehen.

Nun lebte ich weiter, allein, wie ich das nicht gewohnt war, zunächst noch mit den schicksalhaften Abwicklungen meines Ehelebens beschäftigt. Ich konstatierte pikiert, wer nicht kondoliert hatte, und las die vielen Beileidsbriefe nicht nur mit Witwenaugen, verteilte vielmehr Noten, schon, weil ich im Laufe eines langen Lebens öfter erfahren habe, wie schwer gerade solche Schreiben fallen. Neugierig wartete ich ab, wer weiterhin meine Nähe suchte. Erstaunlicherweise waren es nur zwei gleichaltrige Ehepaare, die mich fallen ließen. Die beiden Männer sind nun auch schon tot, und die beiden Gemahlinnen langweilen sich und ihre Kinder. Als Ehefrauen brachten sie keine Solidarität mit mir nun Alleingelassenen auf, nicht ahnend, daß sie diese so bald selber nötig haben würden. Die habe ich mir gemerkt, klar.

An Männer dachte ich überhaupt nicht. Ich sah keinen an, mich sah keiner an, so wie ich das seit ein paar Jahren gewohnt war. Ich glaubte auch, überhaupt nichts zu entbehren. Die Bücher waren geschlossen. Und ich allein hatte endlich die Verantwortung für mich übernommen. Ich fühlte mich frei. Auch von der Sexualität. Und sogar dies glaubte ich zu genießen.

Bei einer beruflichen Veranstaltung traf ich einen gleichaltrigen Kollegen, den ich seit vielen Jahren flüchtig kannte. Er war fremd in der Stadt und schloß sich mir an, folgte mir auf dem Fuße, von Tisch zu Tisch. Als ich eine Terrasse bestieg (zwei Stufen), fühlte ich plötzlich eine heiße Hand zwischen meinen Schulterblättern. Ich fand das sehr höflich, daß dieser Graukopf mir offenbar eine Stütze geben wollte. Netter, bürgerlicher Kollege – dachte ich. Sonst nichts. Bücher geschlossen. Nach etlichen Lokalwechseln gelang es ihm, mich gegen Mitter-

nacht zu isolieren. Ich beförderte ihn in meinem Wagen, lud ihn dann (Gastfreundschaft!) auf meinen blühenden Balkon ein. Julinacht, Sternenhimmel. Eben war auch das Tierkreiszeichen des Löwen heraufgezogen, mein Sternbild. Ich gebe doch gar nichts auf die Astrologie. Stumm saß der Mensch in meinem Wagen und ließ sich die nächtliche Stadt erklären. Alles very decent. Wir betraten das Haus, den Lift, der verspiegelt ist, und plötzlich wurde ich heftig geküßt. Ich kam gar nicht zu Wort. In der Wohnung erklärte der kühle Preuße, jetzt sei es an der Zeit, daß ich endlich mal mit ihm ins Bett ginge – er habe sich das schon lange sehr gewünscht. Ich war platt, voller Skrupel. Ob ich das überhaupt noch könne, wagte ich zu bemerken. Ich hätte das so lange nicht mehr getan. »Das verlernt man nicht«, behauptete der Kenner. Und ich glaubte ihm. Die Behauptung erwies sich als richtig. Wenn ich auf der Suche nach einem Liebhaber gewesen wäre – ich weiß nicht, ob ich gerade ihn ausgesucht hätte. Aber die Situation war überraschend und kommod.
Ich hatte einen Lover! Es gefiel mir. Glücklicherweise in 500 km Entfernung. Und auch nur dann und wann. Das war's, was ich mir schon als Schulmädchen vorgestellt hatte. Man konnte mir die Veränderung ansehen, von Witwe war keine Spur mehr da, obwohl ich oft und gern über meinen verstorbenen Mann sprach und Auskunft gab. Und manchmal trug ich auch Schwarz, aber mehr drunter als drüber. Vieles über unsere Ehe wurde mir

gerade in der Distanz immer deutlicher, das gegenseitige Verständnis und die Mißverständnisse. Weil jeder Versuch von Rechthaberei ins Leere gelaufen wäre. Natürlich war alles irreversibel, die Natur blieb eine Tyrannin. Aber ich lebte! Und plötzlich war ich nicht mehr nur ein verlassener Kumpel, sondern ich war wieder eine Frau geworden. Ein alter Mann hatte mich alte Frau erweckt.

Auf einmal sahen mich auch andere Männer an – und ich blickte zurück. Ich empfand das Konto meiner Ehe ausgeglichen. Der lange Abschied in den eigenen vier Wänden, den ich möglich gemacht hatte, trug viel dazu bei. Und mir kam es überhaupt nicht absurd vor, daß ich nun gelegentlich mit älteren Herren im neu dekorierten Schlafzimmer Liebe machte. Oder auch keine Liebe; jedenfalls pflog ich angenehme, lockere Verbindungen ohne Heimlichtuerei. Und natürlich ohne die geringsten eifersüchtigen Auswüchse auf die gefestigten Familienverhältnisse meiner Liebhaber.

Gerne schloß ich meine Haustür auch immer wieder hinter ihnen ab. Eins war mir klar: Diese Wohnung würde ich mit niemandem mehr teilen, schon gar nicht mit einem Mann. Ich ging viel mit Frauen um, auch jüngeren, die mir hoffnungsvoll zuschauten. »So kann man also auch sein um die siebzig«, sagten sie. »So ein Alter will auch ich haben.« Das Beispiel macht Mut.

Darüber sprach ich und schrieb ich. Irgendeine freche Muse gab mir sogar ein Schock erotischer Gedichte ein.

Auch am Bildschirm plauderte ich über die Freiheit der späten Jahre und kokettierte mit Brechts Großmutter. Ich war mit mir im reinen und dachte – ohne einen genauen Spielplan –, das ginge jetzt so weiter. Um Johann Georg Forster zu zitieren, den Weltreisenden, Naturforscher, Philosophen, der gerade wieder nach 200 Jahren in unser Blickfeld getreten ist, ich bemerkte, daß ich »mich nach mir selber gesehnt hatte«. Nun sei ich wirklich angekommen, glaubte ich mal wieder.
Da war noch dieser junge, freundliche Zivi gewesen, den ich längst aus den Augen verloren hatte. Die Dankbarkeit nimmt ab mit dem Quadrat der Entfernung – ich wollte mich dankbar zeigen –, aber er war wie vom Erdboden verschluckt. Es war wieder so ein halbberufliches Fest, auf dem ich ihm nach drei Jahren begegnete. (Ich gestehe, ganz private Festivitäten langweilen mich mittlerweile und werden von mir meistens gemieden.) Dieser junge Mann in Jeans und ich in meinem Reinseidenen, wir zogen uns an wie zwei Magnete und fielen uns mitten im Saal in die Arme. Mein toter Mann, den er mit mir gepflegt hatte, war in diese Umarmung eingeschlossen. Jetzt hatte ich Gelegenheit, meine Dankesschulden bei ihm abzutragen, weil ich ihn beruflich fördern konnte. Das, glaubte ich, war's, was er wollte, als er mich öfter besuchte. Aber er brauchte noch etwas anderes, wie sich herausstellte. Er hatte dringend eine erfahrene Frau nötig. Just an dieser Kurve seines Weges. Und die hat er sich dann genommen. Daß er mit seinem tollküh-

nen Mut auch Erfolg hatte, diese Frau sich nehmen ließ, das war vielleicht das Allerwichtigste am Beginn unserer Beziehung, an diesem Punkt seiner Biographie.

Als »Witwe« bin ich ihm nicht bewußt, obwohl gerade er die Wende in meinem Leben beobachtet hat. So wie wir leben, könnte ich auch eine geschiedene Frau sein oder eine autonome Frauenrechtlerin, die sich »nie unter das Joch der Ehe gebeugt hat« – oder wie das in bestimmten feministischen Kreisen heißt. Was allein zählt, ist, daß ich unabhängig bin, so unabhängig wie er selbst. Oder genau betrachtet, noch viel freier. So bin ich auch für ihn, wie für meine jungen Freundinnen, eine Hoffnungsträgerin. In deren Augen bedeutet Alter einen Zuwachs, eine Bereicherung – eine Erleichterung sogar. Natürlich gibt es auch Bedenken: »Stell dir mal vor, wenn du krank wirst!« Da kann ich nur antworten: »Und wenn du in deinen jungen Jahren krank wirst, ist das doch viel schlimmer.«

Es ist mir noch nie so gut gegangen wie jetzt, als Witwe, das heißt, als alleinstehende Frau. Doch kann ich das nur nachempfinden, weil ich die anderen Varianten von Frauenleben alle ausgestanden habe. Vergleichen muß man können und die Vergleiche aushalten. Was sind ein paar Falten auf dem Bauch, gemessen an der Fülle eines siebzigjährigen Lebens?

13 Nicht versöhnt
oder: Scharfäugig überleben

Da saß dieses Edelfräulein (schon eine Beleidigung durch die Männersprache, das Aussonderungswort »Fräulein«) auf einer westfälischen Wasserburg herum – so in der Zeit nach den »Befreiungskriegen«, die gar nichts mit Emanzipation zu tun hatten – und reflektierte seine (ihre) gesellschaftliche Situation in gebundener Sprache, hochbegabt, wie sie als Dichterin war.

Wär' ich ein Jäger auf freier Flur,
Ein Stück nur von einem Soldaten,
Wär' ich ein Mann doch mindestens nur,
So würde der Himmel mir raten.

Es versteht sich von selbst, daß die Gedichte der Annette von Droste-Hülshoff, ihre Prosastücke und Dramen nur mit ihren Initialen veröffentlicht wurden, um der Familie keinen Schaden zuzufügen. Sie verkauften sich auch so schlecht. Und einen Ehemann hat sie im Laufe ihres Lebens auch nicht vorweisen können. Ihr junger Geliebter Levin Schücking reiste nach einem schönen Sommer aus Meersburg ab, ohne sich zu erklären. Heiratete dann eine Dame, die in der Sekundärliteratur nicht weiter auftaucht. Verfehltes Leben, selbst bei einer Privilegierten. Ja, auch der Himmel orientiert sich nach den Menschen männlichen Geschlechtes, das hat die Annette klar gesehn. Für die wußte er Rat; für die Frauen und Fräuleins nur Un-Rat. Und auch die Himmelsboten, die Engel, gemeinhin als geschlechtslos beschrieben, definieren sich männlich: »Der« Engel, egal, was er da unterm Hemdchen trägt. (Möglicherweise wirklich nichts.)

Meine Güte, 19. Jahrhundert, was hat uns das denn noch zu sagen? Viel. Mehr, als ich mir lebenslang einzugestehen wagte. Angetreten mit androgynem Elan, nahm ich doch zu Beginn meines Erwachsenenlebens das Wort Gleichberechtigung überhaupt nicht in den Mund. Es war bis 1945 sowieso ein Fremdwort.
Ich *war* gleichberechtigt mit meinen Hoffnungen und Erwartungen, mit meiner Ausbildung und mit meinen Berufswünschen. Meine Unbefangenheit als Papas Liebling speiste meine Energie. Ich wollte ja immer sein *wie* mein Vater und zweifelte nicht daran, daß ich das schaffen würde. Schlimmstenfalls würde er schon dafür sorgen, dachte ich. Das heißt auch, daß ich mich nicht auf mein Geschlecht verwiesen fühlte, obwohl ich mir ja recht früh dessen bewußt wurde. Aber daß der Akt, zu dem mich dann und wann freundliche Männer überredeten, auch gesellschaftlich zu den Akten genommen werden könnte, darauf war ich gar nicht gekommen.

Sozial sah ich mich in einem Schreibtischsessel sitzen, wenn nicht heute, dann morgen; privat lag ich horizontal. Why not. Das war mein Weltbild.
Mein kollektives Schicksal, die Eskalation des Zweiten Weltkriegs, vernebelte alle Visionen. Keiner dachte: Und was mache ich danach? Dazu hatten uns die Befreiungsphantasien zu sehr erschöpft. Keine Kraft für Utopien am Ende des Kriegs. Dagegen ließ mein individuelles Schicksal, eine frühe ungewollte Schwangerschaft, nur die eine Frage zu: Was mache ich danach? Daß sich durch das Kriegsende mein persönliches Los nicht verbessern würde, wußte ich. Graduelle Erleichterungen, klar, aber essentiell blieb ich mit dem kleinen Kind, das dann sogar noch ein Schwesterchen bekam, fest gebunden; es war auch mir klar, daß dieses Leben keine großen Veränderungen zuließ. Beide Situationen waren mir aufgezwungen, ich konnte sie nicht beeinflussen, ich mußte sie hinnehmen. Das hatte etwas von Vergewaltigung. Am Anfang eines Lebens, noch unter zwanzig, war das eine ungeheure Schwächung. (»Schwachheit, dein Name ist Weib« nuschelt der windelweiche Hamlet.) Woher da eine Utopie nehmen. Am liebsten wäre man weggelaufen. Aber wohin? Als die Verhältnisse sich normalisierten, war ich bereits sozial definiert. Ich war eine Mutter mit Kindern. Keine männliche Startsituation. Weiblich, äußerst weiblich, ins Getto verwiesen. Kein Mann hat mir geholfen, auch nicht mein Vater, der war persönlich beleidigt darüber, was sein »Schneck«

ihm mit Hilfe eines Schwiegersohns angetan hatte. Und doch waren die Männer auch nach diesen politischen und sozialen Umwälzungen an der Macht geblieben. Mein eigener Mann, nicht viel älter als ich, fand sich als Familienvater auch nicht zurecht. Er war ja auch von der Situation überwältigt worden. Aber er mußte sie nicht ausbaden wie ich, wies die Verantwortung zurück und begann eine Männerkarriere mit mehreren Anläufen.
Die Frauen traten sofort wieder in ihre Privatheit zurück, als die Heimkehrer klingelten und da weitermachten, wo sie vorher aufgehört hatten, nämlich im Patriarchat. Außerdem waren sie auch noch Kriegsopfer, diese geschlagenen Helden, wer hätte ihnen da etwas streitig machen wollen. Oder können. Unsereiner kroch in der Arbeitswelt dort unter, wo sie einem Platz gemacht hatten, nämlich auf den unteren Rängen.
Ich wählte den guten alten Adenauer, Vaterfigur und Indianerhäuptling. Auch »wählen« war seinerzeit für meine Generation ein Fremdwort. Politisches Denken habe ich erst durch meinen zweiten Mann gelernt, einen Schweizer, der mir vorwarf, was die Deutschen alles falsch gemacht hätten. Von da ab las ich Leitartikel und lernte zu argumentieren. Zusammenhänge drängten sich mir auf. In der Zeitung schrieb ich herzige Reportagen und charmante Interviews im Lokalteil. Die Kritiken im Feuilleton über höhere Gegenstände, nach denen ich mich sehnte, ich höhere Tochter, die waren natürlich eine Domäne der Männer – und weitgehend sind sie das

ja heute noch. Als geschiedene Frau (ich wollte das) verdiente ich gerade so viel, um mich, meine Kinder und unsere Haushälterin, die böhmische Mitzi, die dreißig Jahre lang das Leben mit uns geteilt hat, zu ernähren. Den gerichtlich festgesetzten Minimalunterhalt mußte ich dann und wann durch einen Anwalt (auf dem Wege des Armenrechts) einfordern, wenn der geschiedene Vater gerade keine Lust oder keine Zeit hatte, die je 65 Mark zu überweisen. Obwohl »unschuldig« geschieden, verzichtete ich auf persönliche Unterstützung. Wir hatten ja damals beide nichts. Aber der Vater dachte gar nicht daran, die Beiträge zu erhöhen, als er inzwischen eine ganz andere Karriere gemacht hatte als ich. Eine Männerkarriere unter Männern. Ich konnte jahrelang nicht in Urlaub fahren, ohne Geld – obwohl ich doch so neugierig auf fremde Länder und Menschen war, die mir lebenslang verwehrt gewesen waren. Die Kinder schickte ich mit Mitzi aufs Land, ich wartete auf eine Gelegenheit, daß mich die Zeitung mal entsandte, zum Beispiel nach Baden-Baden (fast schon Ausland) oder Hamburg (fast schon Grönland).

Ein fester Redaktionsvertrag war für eine Frau schwer zu ergattern. Als ich einen hatte und auf dem Nachhauseweg vom Dienst einen Unfall erlitt (drei Monate Gipsbein und Krücken), lief der rasch aus. Ich mußte wieder auf freier Basis arbeiten, wie ich das heute noch tue, nach über fünfzigjähriger Berufstätigkeit. Da gibt's kein Urlaubsgeld, keine Sozialleistungen, und zu den reizvollen Auslandsterminen fahren immer die Festangestellten. Das war in den Fünfzigern so, und wenn das Jahrtausend wechselt, dann hat sich in der Beziehung bestimmt auch noch nichts geändert. Eine Lobby? Ja, für freie Mitarbeiter auf dem Niveau des Frühkapitalismus.

Die Kollegen waren inzwischen zu Lizenzträgern aufgestiegen oder zu Chefredakteuren, zu Verbandsfunktionären, zu Verlagsleitern oder zu Korrespondenten. Und wahrhaftig, mit meiner Hochachtung vor den Vätern und Onkeln dachte ich: Die haben eben mehr gelernt als du, die schreiben auch besser!

Alles falsch. Sie kannten sich aus dem Kessel von Tscherkassy, von den Jesuiten oder von den Proseminaren in Tübingen. Das war das Entscheidende. Und die »Öffentliche Meinung«, eine käufliche Person, gab sich diesen Arrivierten hin. Wem sonst. Je älter ich werde, desto schärfer sehe ich auf solche Laufbahnen, die auch nach drei Intendanzen noch in ein Ehrenpräsidialamt verlängert werden oder in andere respektable Nebentätigkeiten. Solche prominenten Herren haben gar kein Schreibtalent, sie lassen schreiben. Eigentlich brauchen sie gar keine besonderen Gaben, müssen niemandem etwas beweisen. Doch: Aussitzen müssen sie. Der stabile Hintern prägt sie. Der andere Typus, der gelehrte, der spezialisiert sich mehr und mehr, häuft im Dienst (gut dotiert) Wissen an, benutzt seine Privilegien, um ein ganz bestimmtes Feld beherrschen zu lernen.

Dazwischen ich. Unsereiner muß sich in der Freizeit auf eigene Kosten weiterbilden, wenn er den Ehrgeiz hat. Und dann noch eine Prognose des ehrbaren Samuel Beckett vor Augen: »Wenn Frauen nicht mehr wissen, was sie tun sollen, ziehen sie sich aus, und das ist wahrscheinlich das Beste, was sie tun können.«

In den neugegründeten öffentlich-rechtlichen Rundfunkanstalten, viele wundervolle Anlaufstationen für abgebrochene Akademiker oder intellektuelle Traumtänzer oder auch für Everybody's Darlings, die gar keine Berufsausbildung hatten, gab's da Jobs für Frauen? Natürlich. Der gesunde Männerverstand sagte in der ersten Stunde: Frauenfunk, das ist doch Frauensache. Und Mode auch. Und ja, Ansagerin. Das modifizierte Nummerngirl. Das ist eine verkaufsfördernde Maßnahme für das Neue Medium. Aber die Männer sind's, um die wir werben müssen. Wer kauft denn die teuren Geräte? Natürlich der Familienvorstand. Redaktionsposten für Frauen? Oder gar Höheres? Es gibt in der deutschen Fernsehgeschichte ein hübsches Beispiel: Ein powervoller Fernsehguru hatte eine qualifizierte Frau aus der Wirtschaft ins System gedrückt. In der ganzen BRD gab es nur eine in diesem Rang. Die Kollegen auf demselben Level setzten sich bei Arbeitsessen immer so, daß für sie kein Platz an den Tischen blieb. Sie aß allein. Auf »Herren«, den wichtigsten strategischen Punkt für Intrigen, konnte sie ihnen auch nicht folgen. Haha,

sollte sie doch allein mit sich Skat spielen. Oder Programm. Abgeschmettert. Da schwirrte sie dann bald wieder ab und übernahm die Leitung einer großen Bank. Medien, historisch, Pars pro toto.
Natürlich haben viele dieser leitenden Männer, die mir immer die Türe vor der Nase zuschlugen (außer sie brauchten grade mal kurz einen Artikel von dem Frollein von der Presse), im Laufe ihrer langen Arbeitszeit manches gelernt. Leider erinnere ich mich so haarscharf genau an ihre Anfänge! Wie ungebildet viele waren, wie faul. Oder wie sie in Alkoholismus verfielen und vom System jahrelang mitgetragen wurden, obwohl ihre Abteilungen verrotteten. Auch ohne die brutalen Eingriffe der Parteien, die damals noch nicht so gebräuchlich waren (obwohl sie auch schon in den verschiedenen Aufsichtsgremien ihre Macht mißbrauchten), gab es natürlich einen wüsten Nepotismus. Da fällt mir ein: Das Wort bezieht sich selbstverständlich nur auf männliche Geschwisterkinder. Die Nichte heißt auf lateinisch filia fratris. Haben Sie schon jemals davon gehört, daß auf diesem Begriff eine Lobby aufgebaut worden wäre?
Nicht alle diese Männer, die mühelos auf der Straße der Karriere an mir vorbeizogen, sind reich oder erfolgreich geworden. Manche sind in Untätigkeit und Abhängigkeit versackt, haben falsch geheiratet. Sind häßlich geworden. Sind tot. Ich gönne es ihnen. Haben sie doch viele genußvolle Jahre gehabt, wo sie Einfluß auf Kultur

und Gesellschaft nehmen konnten, haben Tätigkeiten ausgeübt, um die ich sie immer glühend beneidet habe. Ach, ich geb's ja zu, auch jetzt noch beneide. Manche haben ein Sensorium für die Aufgaben gehabt: Aber Frauen sind nun mal sensibler, weshalb man sie auch immer wieder an die soziale Front schickt. In den sozialen Hauptquartieren hat man sie meistens nur als Marketenderinnen zugelassen. Wetten, ich hätte manches besser bestimmen, erklären, ausdrücken können als meine Konkurrenz mit den Seidenschlipsen. Ich gucke genauer. Ich schreibe lebendiger. Ich gehe mit der Zeit. Aber sie haben mich nicht zugelassen. Ja, als ich früh mit Hilfe einer privaten Kompanie eine erste hochrangige Diskussion zustande brachte über die verschiedenen Aspekte des Mediums, eine Veranstaltung, zu der sie alle drängelten, da klauten mir andere nach der ersten Staffel die Idee und ließen sie in ihrem Haus, bis zum heutigen Tag als Renner, aufbereiten. Ohne mich. Auch heute, wo ich durch Einfluß, Einsicht und Einzahlung ein kulturelles Projekt auf die Beine gebracht habe – sagen wir in einer Streichholzfunktion –, hat mich meine Partei (jaja, ich gehöre der SPD an) aus dem Stiftungsrat herauskatapultiert und den Platz mit Parteifunktionären besetzt.

Ich verzeihe niemandem. Wer mich mißbraucht und dann wegwirft, den darf ich doch verachten! Ich kann auch eine ganze Litanei herbeten mit den Namen derer, die nie zurückrufen, die Briefe nicht beantworten; die nicht mal, wenn sie kooperieren wollen, sich die Mühe machen, ordentliche Unterlagen beizufügen. (Dafür hätten sie ja auch noch Unterhunde, die mir fehlen.) Natürlich gibt es auch eine Handvoll von Chefs, die sich nie wie Männer aufspielen, sondern einfach wie anständige Menschen zuarbeiten. Die sind bei mir in meinen Gedanken auch gut aufgehoben. Zu persönlich? Nein, aber meine eigenen Geschichten kenne ich einfach am besten. Obwohl ich sie lang genug verdrängt habe. Warum wohl? Entweder wollte ich die lebenslange professionelle Zurückweisung nicht wahrhaben, oder ich war mit der Verarbeitung all dieser Stiche und Kratzer beschäftigt. Wunden lecken. Außerdem mußte ich mir Kompensationen für die Kränkungen verschaffen. Vernünftige, versteht sich, keine roten Haare oder ein zu großes Auto, nein, ich wollte ja seriös über die Schranke setzen. Mit neuen Ideen, mit neuen Projekten, mit andersgearteter Kommunikation. Wie oft habe ich bei Null angefangen mit etwas, was ich nicht kann. Mit Büchern und Operntexten, mit Talk-Shows und Lehrveranstaltungen, weil ich dort, wo ich bescheidene Erfolge hatte, einfach nicht kontinuierlich weiterkam. Abbruchsituationen, luxuriöse Neubauten. Dabei bin ich eine feurige Anhängerin von Sanierungsarbeiten. Qualität setzt sich von selber durch? Daß ich nicht lache. Die Qualität (weiblich) setzt sich viel häufiger in die Tinte.

A bissl was geht immer, sagen die Bayern tröstlich, und so war es auch. Es ging mir ja von Jahr zu Jahr besser, und jetzt geht es mir so gut wie nie zuvor. Wahrscheinlich habe ich mich deshalb endlich in die Schächte und Minen der Erinnerung hinuntergetraut. Und wahrhaftig, da ist der ganze Sondermüll gelagert. Im Gefühl der Unverwundbarkeit bin ich jetzt ziemlich immun. Ich verstehe gut, daß ein mißbrauchtes Kind, eine sexuell beleidigte Mitarbeiterin, eine geschlagene Ehefrau erst nach skrupulösen Zeitverschiebungen mit der Wahrheit herausrücken kann. Vielleicht muß man auch mit den Augen vorher Maß nehmen, wie tief man in den Abgrund, in den Matsch, in den Moder hinunterspringen muß. Meistens ganz allein.

Manche springen nie, ersticken an ihren unverdauten Brocken.

Die Vorstellung, es gäbe eine Regierung, die ein Entschädigungsgesetz beschlösse für unterdrückte weibliche Lebenschancen!

Wiedergutmachung für erlittenes Unrecht! Aber so was können sich unsere Volksvertreter höchstens materiell vorstellen: Grundstücke, Villen, Gartenzäune. Obwohl, das muß man einräumen: Bankkonten oder Immobilien sind auch in weiblichem Besitz ein ungeheuer stärkendes Lebens-Mittel. Aber leider, im Gefolge der Ungerechtigkeiten gegen Frauen werden finanzierbare Subsidien immer wieder nur als Zutaten für die Köchinnen ausgeteilt. Die Notdurft von weiterwuchernden Familien, von Zweitfrauen und Drittkindern gilt als vorrangig zu stillen. Alles verstehen heißt alles verzeihen?

Ich verstehe alles, immer mehr, weil ich mehr weiß und verarbeite. Mein Wissensdurst nach Menschen und ihren komplizierten Zwängen und ihrem heißen Drängen ist fast nicht zu stillen. Aber ich verzeihe immer weniger. Den moralischen Kodex ... ich bin so frei und überseh ihn einfach. Unsozial ist schön.
Hassen? Nee, das ist mir zu anstrengend, da müßte ich ja meine Gefühle für die Patriarchen mobilisieren. Was denn? Wie Schiller pflanz' ich noch am Grabe die Hoffnung auf und rechne mit den Söhnen und Enkeln meiner Nutznießer und Nichtsnutze. Den Töchtern und Enkelinnen soll es genauso gut gehen wie mir, wenn sie siebzig sind. Vielleicht schaffen sie es schon etwas früher. Aber ich hoffe, sie haben dann dafür nicht zuviel schuften müssen. Und wenn sie cash dafür bezahlen müssen, dann wünsche ich ihnen, daß man sie vorher in ein Goldenes Zeitalter eingelassen hat, paritätisch. Sich für die Freiheit verkaufen – nein, davon rate ich ab.

Oder nehme ich den letzten Satz doch wieder zurück? Der Zweck heiligt ... und ich soll die weiße Räbin spielen!
Ich mache einen Vorschlag zur Güte. Wer sich nicht selbst belügt, der kann auch in miesen Zeiten allerhand

verkraften, der kann auch mal bewußt ins Risiko waten. Vielleicht mit Gummistiefeln.

Rettung trockenen Fußes ist möglich, nasse Füße machen Blasenweh. Aber 2001, da wird sowieso alles anders.

Wer lacht da? Wer operiert da mit der Stunde Null, die es doch überhaupt nicht gibt? Wer fällt da auf die uralten Zahlentricks der Orientalen herein, die sich und uns an diese abstrakten Häkchen und Bögelchen gekettet haben?

Nein, wir wollen unsere Hoffnungen nicht an diesem spröden Gitterwerk der Zahlen aufhängen, das der Strom des Lebens doch immer wieder einreißt. Sogar die französische Autorin Elisabeth Badinter mit ihrer Clairvoyance glaubt daran, daß die weiblichen Werte weiter aufsteigen. Nicht wie die Gestirne, sondern wie gutgedüngte Pflanzen, um die sich Generationen von Frauen bemüht haben, die sie bearbeitet haben. Sie ist sich da ganz sicher. »Das nächste Jahrhundert«, sagt sie, »wird definitiv die Verwirklichung des Androgynen bringen. Das bedeutet die Möglichkeit, beide Seiten seiner Person ausleben zu können. Ich glaube, wie schon Freud und andere, daß der Mensch psychisch bisexuell ist. Je nach ihren Lebensumständen mobilisiert jede Frau ihre Weiblichkeit (als Mutter oder in sexuellen Beziehungen) oder ihre Männlichkeit (bei der Machtausübung). Die Gesellschaft wird schließlich verinnerlichen, daß ein Mann innerhalb der Familie genausoviel wert ist wie

eine Frau, und daß eine Frau am Arbeitsplatz genausoviel wert ist wie ein Mann.«
Das Goldene Zeitalter? Wenn der Löwe mit dem Lamm? Wahrscheinlich sind wir diesem Menschheitstraum wahrhaftig ein wenig näher gerückt in den letzten Jahren.

14 Von nix kommt nix
oder: Was tun! spricht Zeus

Nein, wir sind nicht wie die Lilien auf dem Felde. Die Männer natürlich auch nicht; im Zusammenhang mit ihnen fallen uns erst recht nicht diese unschuldigen weißen Blüten ein. Der Mensch, kein vegetatives Wesen – zum mindesten nicht in unseren Breitengraden –, kann sich nicht darauf verlassen, daß Regen und Wind, fruchtbarer Boden, Föhn und der himmlische Vater ihn ernähren. Er muß sich, ob männlich, ob weiblich (letztere noch immer im Zwergwuchs), seiner Ausbildung, den Gewerkschaften und dem Arbeitsmarkt anheimgeben. Ein männlicher Gartenzwerg hat da allerdings eine gewisse vorgezeichnete Gartenzwerglaufbahn, mit Gartenzwergspezialkompetenzen, schon deshalb ohne Komplikationen, weil weibliche Gartenzwerge von unserem Schöpfer niemals geschöpft wurden. Wie ein Bielefelder Juraprofessor offenbar aus erster Hand weiß: »Die Benachteiligung der Frauen ist nicht etwa die Schuld der Männer, sondern das Werk des Schöpfers von Himmel, Mensch und Erde.« (anno 1993). Im akademischen Humus stecken 52 Prozent Studentinnen. Sie sind fleißig, leistungsstark, haben gute Noten und daher alle Voraussetzungen für eine Karriere. So wurden einige zum Beispiel in Hamburg von einem Wirtschaftswissenschaftler zur Eröffnungsvorlesung empfangen: »Hiermit begrüße ich die Herren zur Bereicherung der Wissenschaft und die Damen zur Verschönerung des Fachbereichs.« So zuvorkommend sind unsere Professoren, gleichgültig, ob bloß hingelobte oder ordentlich habilitierte und deshalb auch von der Bevölkerung (laut Umfrage) äußerst geschätzt. Wie durch ein Wunder sind aber nur 3,6 Prozent der akademischen Lehrer und Lehrstuhlinhaber Frauen. Wo sind sie geblieben? In München lautete der Kommentar eines Lehrstuhlinhabers bei der Bewerbung einer promovierten Kollegin: »Erst wenn Sie mir Ihre Gebärmutter im Reagenzglas bringen, stelle ich Sie an.« Dem Alter nach war er wohl ein echter Achtundsechziger. Da ist es dann nicht weit bis zur frauenfreundlichen Liebeslyrik jener berühmten Generation:

Wer zweimal mit derselben pennt,
gehört schon zum Establishment.

Über die Studentinnen, die damals den Wunsch hatten, das Bett mit einem Kommilitonen (oder Professor?) zweimal zu teilen, ist uns leider keine Revolutionsliteratur überliefert.
Übrigens, ich habe ja achtundsechzig studiert, war spät dran wegen vorausgegangener Familienpflichten. »Freiheit für Vietnam« schrien die Kommilitonen und »Frei-

heit für Biafra!« Aber ihre Freundinnen, die meisten wie sie im selben Oberseminar, waren keineswegs frei von den häuslichen Pflichten. Er an sie, in einer Revolutionspause: »Warum hast du kein Brot gekauft?« Und wo saßen die Studentinnen in der Freiheitsbewegung? Im Publikum saßen sie, mit einer wichtigen Aufgabe betraut: applaudieren. Auch ich. Obwohl ich tapfer vorher das Rektorat mit besetzt hatte. Und die Papers kopiert, die unsere begabten Jungs zukunftsträchtig entworfen hatten. In den Ausschüssen fällten sie alleine ihre progressiven Entscheidungen, als Widersacher der Professoren und Assistenten, Widersacher von allen einfach, von Papa und Mama, vom Ortsvereinsvorsitzenden, vom Bankfilialleiter und von allen »Bullen«. Und von konkurrierenden Kommilitoninnen natürlich. Lenchen und Gretchen und Bärbelchen haben das gleich verstanden und halfen wie eh und je durch Dienstleistungen im Hintergrund ihren aufrührerischen Freunden. »Von nix kommt nix« schallte es auch durch die Wohngemeinschaft. »Jetzt soll der Herbert erst mal promovieren.« *Sie* hat den Doktor dann nie gemacht, aber er Karriere. Wie immer. Denn der Aufbruch zu neuen Ufern blieb eine liebenswerte Theorie. Verändert hat sich gerade an den Unis wenig. Denn unter den Talaren der inzwischen gut verdienenden Akademiker mufft es ganz ekelig weiter, der Muff von hundert Jahren wurde schließlich doch ehrfürchtig via Doktorvater von den nun auch schon grau gewordenen Doktorsöhnen übernommen. Und das in einer Institution, die weltweit die »Alma Mater« genannt wird. Schlechte Lateinkenntnisse haben sie auch noch, die Dekane, Rektoren und Assistenten, die um die Gunst dieser »Mutter«-Göttin buhlen. Als Enkel dieser fruchtbaren und huldreichen Mamma. *Die* Uni eben, weiblichen Geschlechts.

Noch ein Zitat aus bayerischem Hoheitsgebiet (1993): »Jetzt läßt man die Frauen schon studieren, und dann wollen sie auch noch an der Uni arbeiten!« So ist es. Das wollen sie. Daß ich als überständige Studentin mit der krummen Biographie keine Chance mehr hatte, in patriarchalischen Institutionen voranzukommen (nicht mal durch nun vertiefte Kenntnisse in meinen Fachgebieten), das habe ich ja im Laufe meines Erwachsenwerdens eingesehen. Ich bin das Odium der freien Mitarbeit (ja, es ist ein Odium) nie mehr losgeworden. Aber meine jungen Kolleginnen, die müßten doch die Chance kriegen! Gut ausgebildet wie sie sind, wollen sie nicht mehr als Manövriermasse in dienenden und pflegenden Berufen unterkriechen. Auch da muß eine junge Ärztin einen Wisch unterschreiben, daß sie nicht schwanger ist und es auch nicht zu werden gedenkt. Wenn sie angestellt wird. Sie sollten nicht mehr als schlechter bezahlte Arbeiterin werkeln oder als Vorzimmer-»Dame«, die dem Chef die Hälfte der Arbeit abnimmt, dafür aber nur ein Achtel seines Gehalts verdient. Nein, da wo entschieden, gedacht, geforscht wird, da braucht man die Frauen. Nur dann werden sich bestimmte technische, politische und ökologische Auswüchse und Fehlentwicklungen vor der Jahrtausendwende endlich vermeiden lassen. Das heißt, unverzagt am Ball bleiben, wenn's auch eine besondere Motivation braucht. Weitermachen, von nix kommt nix. »Don't cry – work« hat Meret Oppenheim 1936 gesagt und ihre Teetasse mit Nerz überzogen. Das war ihr erster Schritt in die Welt der Kunst, in der sie dann zwanzig Jahre später als berühmte Malerin wohnte. Die Zarin Katharina II., eine halbgare preußische Prinzessin aus Stettin, mauserte sich im Lauf ihres Lebens zu einer aufgeklärten Herrscherin, ja zur »Semiramis des Nordens«, wie der alte Voltaire ihr schmeichelte. Man schrieb sich Briefe, gab sich Anregungen, diskutierte. Katharina lernte, lernte. Auch sie wußte »Von nix kommt nix« und nahm alles an, was sich ihr zu ihrer Entwicklung bot: Männer, Bücher, Pläne, Erkenntnisse. Auch das »Glück« erschien ihr machbar, wie sie in ihren französisch geschriebenen Memoiren, man könnte auch sagen »Beichten«, feststellte, die sie leider im Alter von dreißig Jahren im Jahr 1759 abbrach. »Das Glück ist nicht so blind, wie man es sich vorstellt; es ist oft das Ergebnis einer langen Folge richtiger und genauer, von der Masse nicht bemerkter Maßregeln, die dem Ereignis vorangegangen sind. Besonders auch für den einzelnen Menschen ist es ein Ereignis aus Eigenschaften, Charakter und persönlicher Handlungsweise.« Und so blieb sie vierunddreißig Jahre an der Macht.

Auch im Alter kann man nicht nur von seiner Lebenserfahrung zehren. Lieber das Silber ungeputzt in die Kommode stopfen, als Info und Weiterbildung versäumen, den intellektuellen Austausch vergessen. Die geistigen Kalorien zu sich nehmen, anstatt schon wieder neue makrobiologische Rezepte mit Gleichgesinnten austauschen, deren Biß der Familie nur auf den Wecker geht. Der beliebte Abendkurs über die Niederländer in der Alten Pinakothek für kulturbeflissene Gattinnen bringt nichts außer das immerwährende unverbindliche Kulturgeschwätz, das die randständigen Damen untereinander führen. Augenwischerei. Wer die geistigen Gegenstände nicht bearbeitet, sie immer nur herzeigt, kann keinen Gewinn daraus ziehen. Sein Lustgefühl wird nur ein wenig laienhaft gekräuselt, wogegen der wirkliche Kooperator im akademischen Weinberg des Herrn mit voller Pulle belohnt wird. Einem Schlückchen wenigstens. Die Eitelkeit, die solche Gattinnen-Exkursionen antreibt, das schale Statusdenken, bringen nichts. Genausowenig wie das Vorzeigen der Einkäufe mit den gängigen Labeln als Insignien einer Klassenzugehörigkeit. Rembrandt und Breughel beim Tee zu sich zu nehmen, ist wie Teegebäck knabbern: ein kurzer Reiz.

Zeitvertreib vertreibt nur die Zeit, passer le temps – welche Vergeudung –, die man im Alter besonders nötig braucht. Sie vergeht wie immer, aber als Alte verstehen wir es jetzt besser. Man muß die Zeit kauen, fressen, auf der Zunge zergehen lassen, streicheln, küssen, liebhaben,

denn sie wird uns immer vertrauter. Unser Verhältnis zu ihr wird von Tag zu Tag intimer. Nur törichte alte Menschen, Frauen und Männer, »vertreiben« sie, die kostbare, und begnügen sich mit ihren eingeweckten Vorräten, der süßen Marmelade: »Weißt du noch?« Ein Mensch, der sich in der Zeit bewegt, in seiner je persönlichen oder in der je allgemeinen, der ist präsent, den kann man nicht so leicht an den Rand drängen. Von nix kommt nix, auch nicht im Alter. Die Energie muß gepflegt, die Aktivität geölt werden, damit der spirituelle Kreislauf funktioniert. Die Zeitung muß gelesen werden. Neue Tendenzen müssen verfolgt werden. Das Ego muß in diesem und jenem Kontext besichtigt werden. Da staunt man selbst über die Reflexe, die von einem ausgehen; man blickt verblüfft auf die Schlagschatten, die man werfen kann, wenn man nur richtig beleuchtet ist. Das Licht aber muß man selbst anknipsen. Das Schlafbedürfnis schwindet bekannterweise mit den vorrückenden Jahren. (Eine Verheißung an die Jüngeren!) Also ran!
Aber wer läßt schon andere, womöglich Ältere und auch noch Frauen, an Macht und Geld, Zeit und Einfluß teilhaben, freiwillig, auf der Höhe des Lebens oder ein paar Minuten später? Auch wenn unser neuer Mann in Lüdenscheid ein neuer *Mann* ist und keine Frau, auch dann muß Macht und Einfluß anders verteilt, mit dem neuen Kollegen geteilt werden. Warum ist es so unerträglich, wenn der neue Mann auch noch dazu eine neue *Frau* ist? Fünffach qualifiziert?

Nein, bloß nicht! Das ist es nicht, was ich als Modell eingeführt sehen will. Fünfmal besser! Dieser sexistische Leistungsdruck legt sich wie ein Würgegriff um die kluge Frau von heute, nimmt ihr den Atem und schafft ihr Streß. Ich wäre ja schon sehr zufrieden, wenn dumme Frauen die dummen Männer ersetzen würden; sie wären anders dumm. Frauen sollen keine besseren Männer sein. Aber sie sollen antreten dürfen im Wettbewerb. Und dazu sind sie noch immer nicht erzogen. Es hat auch etwas mit der psychischen Befindlichkeit als Tochter zu tun. Wenn die Mutter zwar Wissen angehäuft, es aber nie gegen Honorar an den Mann gebracht hat, was soll eine Tochter aus dieser zweideutigen Haltung lernen? Manchmal lernt sie, daß sie eigentlich gar nichts lernen, sondern gut geschmückt und à la mode frisiert fremdes Geld ausgeben will. Dann wird das Abitur oder der Magister immer noch nur als Lasso gebraucht, um einen Akademiker einzufangen. Diese Gattinnen sind dann zuständig zunächst mal für die Eßkultur, dann für die Gesprächskultur und für die Geschenkkultur, die Tourismuskultur, das heißt die Hotel- und die Kathedralenkultur, mit einem Wort: für die Komfort-Kultur. So vergeht ein halbes Leben. Unbefriedigt, weil immer von der Akzeptanz des Gatten abhängig, von der Liebe am Muttertag. Merkwürdigerweise hat diese Art Frauen noch mehr Angst vor dem Altwerden als die Klasse der berufstätigen Frauen, die doch einem Wett-

bewerb der Generationen auch am Arbeitsplatz viel stärker ausgesetzt sind.
Aber der eigene Arbeitsplatz bereichert die eigene Biographie, vervielfacht die Kommunikation und hilft dem Selbstbewußtsein, dem Bewußtsein von sich selbst. Die durch Geld bezahlte Arbeit gehört dem modernen Menschen, so wie er zu ihr gehört. Das gilt verständlicherweise auch für Frauen. Der Tauschwert für Hausarbeit hingegen ist die Währung »Liebe«. For ever. Hüte sich, wer kann vor diesem weitverbreiteten Geschäft, bei dem die häufigsten Konkurse eintreten. Geld kann sich unter günstigen Bedingungen vermehren. Die Liebe? Deren Kurs sinkt in jahrelanger Inflation. Doch wer von den Betroffenen getraut sich, das einzugestehen? Nicht mal sich selbst. Nicht mal später, retrospektiv. Es wird so viel gelogen unter deutschen Eigenheimdächern! Vom Rohstoff »Schlechtes Gewissen« lagert dort jede Menge. Verteilerinnen sind die Mütter. Wer nicht berufstätig war oder ist, drängt den Stoff seinen Kindern auf; wer arbeitet, entlastet seine Kinder davon und frißt ihn selbst in sich hinein. Dilemma – dein Geschlecht ist weiblich. Dennoch tut es auf alle Fälle wohl, sich zu engagieren, nicht für einen (schon gar nicht aus der Familie), sondern für etwas. Ein Engagement für die Welt und für unsere soziale Gegenwart. Das integriert auch die Frauen (und in jedem Alter) ins öffentliche Leben als Person. So jemand ist nicht länger nur Appendix.

Es können eigentlich nur Ängste sein, die verhindern, etwas zu tun draußen in der Welt. Die verunsicherten Privatfrauen nehmen auch aus Lebensangst die Verschönerungen an sich und ihrer Wohnung so ernst, als ob man sie sonst nicht akzeptieren würde. (»Faulheit der Luxusweiber«, sagen prompt böse Männerzungen, die keine Ahnung haben, wie schwer eine Entscheidung zwischen zwei neuen Vorhangmustern fallen kann, wenn die Warenästhetik als Lebenszweck verinnerlicht worden ist.)
Keineswegs kassiert die Karrierefrau außer einem endlich etwas angehobenen Gehalt nun plötzlich und überall gesellschaftliche Anerkennung. Im Gegenteil: Da und dort spielt sie in einer ganz bestimmten Öffentlichkeit die Buhfrau. Breitgestreut, auf politischer oder kirchlicher Ebene, haut man auf die eigenständigen, womöglich auch noch alleinstehenden Arbeitnehmerinnen ein, kommentiert ihre Pannen boshaft. Die Frage: »Wann werden Sie denn nun Oma?« wird freundlich gestellt. »Sind Sie denn nun endlich in den Aufsichtsrat gekommen?« interessiert keinen. Das alte Entweder – Oder. Ein paar Psychologen blasen auch Halali: Werteverlust durch weiblichen Egoismus! Da die wirklich attraktiven und effektiven Vorbilder immer noch fehlen, erlahmen Zielstrebigkeit und Karrierestart vieler Frauen gleich nach dem Studium. Im Augenblick ist mal wieder Schwangerschaft gefragt, gleich nach dem Magister oder Staatsexamen. Was denn sonst? Die wenigen

Debütstellen kassieren die Kommilitonen. Und die Stipendien werden auch lieber an die »Jünger« abgeleitet (Plato!) als an die ehrgeizigen jungen Damen, die ihre Domäne »Kunstgeschichte« und dergleichen verlassen haben und heutzutage auch noch Mathematik, Physik, Betriebswirtschaft studieren, wofür sie ja bekanntlich nicht die geringste Eignung haben.

Die alte Rolle der hochwertigen »Fühlerin«, der empfindsamen Allesversteherin und der archaischen Gebärerin wird wieder vom Speicher geholt, gewendet und frisch aufgebügelt. Die knallharte Aufsteigerin, der es noch am ehesten gelingt, eine Sprosse höher zu klimmen, der Unabhängigkeit näher (Modell: die eiserne Lady), wird dann von beiden Geschlechtern scheel kommentiert. Auch Frauen wollen lieber unter einem Mann arbeiten als unter so einer! Alle Nachteile dieser weiblichen Spurensuche (der die solidarischen Kumpaneien der Männer fehlen wie schlagende Verbindungen, die feinen Clubs und Zirkel und, last but not least: das Pissoir) werden in ganz bestimmten Kreisen aufgebauscht und denunziert, um potentielle Aufsteigerinnen von Anfang an zu entmutigen.

Darüber müssen wir unbescheiden und großsprecherisch viel mehr Getöse machen in unserem Umfeld. Frauen haben nämlich, wenn sie einsteigen, etwas, was den Patriarchen heute fehlt. Sie haben einen ungebrochenen, fast naiven Pioniergeist. Sie heben nicht so schnell ab, behalten Bodenhaftung. Sie nehmen Privilegien, wenn sie denn endlich in den Besitz solcher kommen können, nicht selbstverständlich an und vor allem nicht von Amigos. Die haben sich vor weiblichen Augen nämlich schon längst auf anderen Schauplätzen dekuvriert. Die Amigos kennt unsereiner besser, als ihre Spezeln sie durchschauen. Das sind keine Freunde mehr, wenn sie aufgestiegen sind. Schon gar nicht für ihre früheren Freundinnen. Da haben sie ihr Gesicht schon früh verloren, die bella figura am Garderobehaken zurückgelassen. Frauen hingegen bleiben auch in der kalten Höhenluft verletzlicher, menschlicher, natürlicher. Mit einem unbegrenzten Erinnerungsvermögen, im guten wie im bösen. Soziale Wesen eben, nicht nur mit dem Bauch, auch mit dem Hirn. Das schließt sich nicht gegenseitig aus. Ich wette, eine Politikerin weiß auch dann noch, wenn sie Ministerin geworden ist, was die Butter kostet.

Schaut mal nach Skandinavien, meine Lieben. Da gibt's Modelle.

15 Elan vital
oder: Wie man sich am Schluß aus dem Staube macht und doch überlebt

Die schöpferische Aktivität, die der französische Philosoph Henri Bergson »élan vital« nennt, hat man (erlernt) oder nicht. Sie hängt auf alle Fälle nicht vom chronologischen Alter ab, auch nicht vom biologischen. Vom sozialen vielleicht? Er setzte auf Spontaneität contra träge Materie, womit auch unser Leib gemeint sein kann. »Je suis une chose qui dure.« Das denke ich auch, wobei ich *mich* meine. Bis hinein ins Alter, oder gerade dann.
Die Zeit also ist es, mit der der Mensch zusammengewachsen ist wie mit seiner Haut. Zeit, ein Stoff, über dessen Beschaffenheit es viele Mutmaßungen gibt. Und lauter Konfusionen. Der alte Brite, der immerhin 98 wurde, Bertrand Russell, bedient uns ganz schön frech mit einem Paradoxon: »Existiert die Vergangenheit? – Nein, denn sie ist schon dahin. Existiert die Zukunft? – Nein, denn sie ist ja noch nicht da. Gibt es also nur die Gegenwart? – Gewiß. Aber ist es denn nicht so, daß diese Gegenwart gar keinen Zeitraum enthält? Es ist so. Nun, so gibt es denn Zeit wohl überhaupt nicht.«
Wenn's die Zeit vielleicht gar nicht gibt, was ist denn dann dieses Kontinuum von Leben, in dem wir hin- und

herrennen? So eine Art Lebensraum oder, um Wagners Parsifal zu zitieren: »Zum Raum wird hier die Zeit.« Meine ganz persönliche Zeit würde sich dann in ein Musikzimmer verwandeln, und in der Mitte stünde auch noch so ein Ding herum, was Flügel heißt. O Phantasie, o Elixier.

Diesen Lebensraum muß der Mensch möblieren, anreichern mit den Fundstücken, die uns ans Herz wachsen, manchmal auch mit dem alten Gelumpe, von dem wir uns aus schlechter Gewohnheit (oder aus Pietät) nicht trennen können. Unser eigener Geschmack sollte diktieren, und bei jedem Umzug darf man auch etwas verlieren. Es gibt Requisiten, von denen man jahrelang geträumt hat und die man nie kriegt. Bei mir war's eine Teakholzwand, die ich damals in den Fünfzigern einfach nicht bezahlen konnte. Aus meiner heutigen Sicht ein Glück. Die Zeit soll ja nicht zur Rumpelkammer werden.

Der Sarg ist es jedenfalls nicht, der den Blickpunkt abgeben soll in meinem Lebensraum. Hätte ich weinerlich ab vierzig, fünfzig, sechzig, oder genaugenommen ab der Wiege feststellen müssen, daß ich sterblich bin? Der alternde Jean Améry will uns das in einem galligen Traktat (»Über das Altern«) nahelegen. Er vermiest sich und uns das Alter, so geistreich er kann, mit Aphorismen und Zahnlücken, mit Hoffnungslosigkeit und Verallgemeinerung. Kein Wunder, daß er schließlich Hand an sich gelegt hat, und da war er erst sechsundsechzig.

Er hat es auf die Jugend abgesehen, die von ihm angeblich keine Notiz mehr nahm. Mir gehen auch alle möglichen jungen Leute auf den Geist, vor allem, wenn sie nicht neugierig sind. Aber »die Jugend« kenne ich nicht, genausowenig wie »die Alten«. Lauter Klischees. Denn auch als ich jung war, habe ich keineswegs meine ganze Generation geliebt, weil wir dasselbe Geburtsjahr hatten. Genausowenig wie ich mich heute mit allen »Senioren« einlassen möchte, nur weil sie so alt sind wie ich. Und die braunen Flecken auf der Haut, die Améry so angeekelt erwähnt, und die bei mir allmählich auch entstehen – je m'en fous. Jede Giraffe hat ganz riesengroße Sommersprossen, und wie attraktiv steht sie doch in der Steppe herum. Und erst im Zoo!
Man würde nicht schöner, wenn man älter wird, dichtete Erich Kästner, der meiner Erinnerung nach nie, auch nicht in seinen »besten Jahren«, als ich ihn kannte, ein besonders anziehendes Mannsbild war. Er hat den Unterschied zwischen vorher und nachher überschätzt. Wer im Alter »häßlich« wird, der sei auch hassenswert, behauptet der schlechtgelaunte Améry. Aber im etymologischen Wörterbuch steht, daß dieses mittelhochdeutsche Wort ursprünglich nichts mit dem Aussehen zu tun hatte. Hassenswert war der Unsoziale. Das verstehe ich gut. Erst später wurde das Wort umgedeutet in den Gegensatz zu »schön« und sagte dann etwas über den sinnlichen Reiz oder Brechreiz aus, den Körper verursachen.

War früher das Schaf im Schafspelz gemeint, so meint Améry nur das Fell. Er hätte als geborener Wiener auch einfach »schiach« sagen können, wenn ihm sein Spiegelbild so »z'wider« war.

Ich bin so frei und behaupte einfach mal, daß es nicht der alternde Körper war, unter dessen Veränderung die Herren Kästner, Améry, Marcel Proust und Konsorten so unsäglich litten, sondern daß sie einfach in die Potenzangst hineingeschlittert sind. Sie sind beleidigt. Nachdem sich die meisten Männer als Mann nach Dauer und Häufigkeit ihrer Orgasmen identifizieren, egal, ob sie mit jungen oder mit gleichaltrigen Partnern gepaart sind und egal welchen Geschlechts. Darum sind sie auf die späten Jahre durchweg so schlecht zu sprechen. Die erotische Fähigkeit zur Lustausübung nimmt tatsächlich ab bei den alternden Patriarchen, dummerweise bleiben sie aber fixiert auf den immer kleiner werdenden Unterschied. Sie haben dafür verschmitzte Ausreden oder muffige Ausflüchte parat. Ein philosophischer Kopf wie Ernst Bloch ist davon nicht ausgenommen: »Wein, Weib und Gesang, diese Verbindung löst sich, die Flasche hält länger vor.«

»Es fehlt in vielen Beziehungen die Wandlungsbereitschaft der Männer«, schreibt der Wiener Professor Leopold Rosenmayr. (Wechseljahre, Wechseljahre!) Und er gibt auch eine Erklärung. Die Angst vor zu großer Nähe läßt die Männer nicht los – aber sie trauen sich einfach nicht in die Nähe der Nähe. Deshalb können sie der

Partnerin auch nicht zeigen, wo's wehtut. Zu intim! Bloß nicht dran rühren, ja nichts verändern. Aber nichts tut so weh wie verdrängtes Weh, erstarrter Kummer. Da versuchen die Männer halt immer noch dagegen anzuschuften, auch wenn es über ihre Kräfte geht. Das Sisyphus-Syndrom.
Die Frauen haben zum Leistungsprinzip, vor allem im Bett, ein äußerst gespaltenes Verhältnis. Nobody is perfect, das wußte schon Lilith, Adams erstes Weib: Ewig hat sie, nach der babylonischen Überlieferung, mit ihm herumgestritten, ob er beim Beischlaf oben liegen müsse oder sie. Dann ist sie ihm schließlich davongelaufen und wurde lieber als Nachtgespenst selbständige Unternehmerin. Alle Frauen wissen das und haben sich im Annäherungswesen eingerichtet. Gerade darum ließen sie ja mit sich reden, wenn mann mit ihnen offen spräche. Das aber wurde den männlichen Kindern nicht beigebracht – den Herangewachsenen und Verblühten erst recht nicht. Da haben wir Rednerinnen schon eher eine Chance bei den Softies, glauben Sie mir. Sie seien vom Zeitgeist schon heruntergefallen? Macht nichts, gute Ware hält sich.
Nein, Niederlagen sind für »richtige« Männer keine einzugestehenden! Da ist es doch viel leichter und auch populärer, das »Alter« zu denunzieren: als schlimmste Saison, als Unglücksphase des Schicksals. Die Götter unterstützen diese Ideologie, denn sie nehmen ja bekanntlich früh zu sich, wen sie lieben. Ich möchte aber

nicht schon dreißig Jahre lang tot sein. Oder womöglich totgeboren – als allerliebste Götterlieblingin. Mir gefällt's gerade jetzt. Den entsagungsvollen Senioren rauben Mißmut und Unlust die Lebensfreude. Darüber sterben sie uns einfach weg, die gekränkten Männer vor der Jahrtausendwende, flüchten sich in die Krankheit (angeblich eine weibliche Neurose!), schleichen sich ein paar Jährchen früher davon. All dies ertragen sie leichter als das Bekenntnis: Ich kann's nicht mehr so gut, so oft, so schnell wie früher, was ja in verschiedenen Betten nicht unbedingt immer eine Katastrophe zu sein brauchte. Machen Sie das mal einem benachbarten Greis klar, der womöglich noch in einer Führungsposition residiert. (Ja, es sind noch immer die Alten, die uns führen.) Der Kahlkopf sublimiert den Akt in die Akten, den Sex in die Lex, den Trieb in den Betrieb. Nur für die Lust ist kein Platz mehr, speziell nicht für die Lust am Weibe. Rückzug auf Zärtlichkeit gilt als Schande, weil es sich nur zu einer Minderheit herumgesprochen hat, daß Zärtlichkeit aus der Seele kommt und keineswegs eine sexuelle Ersatzhandlung ist. Man müsse einfach selbst herausfinden, was im vorrückenden Alter mit seinem Körper und mit seinen sexuellen Bedürfnissen los sei, sagt der Wiener Professor. Das sei eine lohnende Entwicklungsaufgabe. Der Körper, jetzt müde und abgenützt, wird paradoxerweise immer wichtiger, wie die Wissenschaft herausgefunden hat. (Weiß ich schon lange.) Man sollte ihn nicht auch noch leichtfertig

mißhandeln durch Selbstverneinung oder ungezügelten Leistungsdruck. »Insofern bieten die Schwächen des Alters sogar Humanisierungschancen.« (Rosenmayr). Schwer anzunehmen, diese Weisheit, für den alten Mann. Also findet er Alterssexualität unappetitlich, kratzt sich höchstens mal an der bestimmten Stelle und zieht sich das entsprechende Fernsehprogramm rein. Nichts ist dümmer als das dumme Sprichwort: »Junge Huren – alte Betschwestern.« Ganz falsch. Es müßte vielmehr heißen: »Junge Böcke – alte Vegetarier.«
Endlich ist ein Hoch auf die alten Frauen fällig: Wenn sie im Laufe ihres Lebens gelernt haben, wie die Sache mit der Sexualität läuft, dann verlieren sie diese Fähigkeit nie. Im Gegenteil, ohne die Fruchtbarkeitsangst der jungen Jahre können sie dies humane Tun besser genießen und vielfältiger gestalten. Davon hätten die angejahrten Misanthropen dann auch etwas. (Die jungen Männer sowieso. Das weiß ich.) »Je suis une chose qui dure« – klar, auch als Geschlechtswesen. Als Frau eben. Mich nur nach meinen Liebeskünsten zu definieren, fiele mir dennoch nicht im Traum ein.
In einer Fernsehsendung des WDR (»ALTERnativen«) erzählte ein Greis gerührt, daß er das Phänomen der Alterssexualität durch seine bettlägerige Großmutter erfahren habe, die darüber sprach. Die Frauen reden eben, lassen mit sich reden. Die Männer sind's, die stumm bleiben. Wenn man denen klarmachen könnte, was ihnen entgeht: Veränderung beim Liebesspiel, wel-

che Chance, für die letzten Jahre, mit der alten oder einer neuen Partnerin. Die Fünfzigjährige gegen zwei Fünfundzwanzigjährige auszutauschen wie im Boulevardtheater, bringt gar nichts, wenn man den alten Trott bei klapperndem Motor beibehält.
Bewegung und Dauer einerseits für uns als in der Zeit gebundene Wesen, Bewegung und Wechsel andererseits für unsere schöpferische Phantasie, solange wir ein Bewußtsein von uns haben, so sieht uns der Optimist Bergson. Seine Erhellung des Problems, keine generelle Theorie, aber eine verständliche Erklärung der Welt, führt mitten ins Ideal der Aufklärung, daß der Mensch sich nämlich zeit seines Lebens konsequent in ein autonomes Individuum verwandeln solle, verwandeln dürfe. Für Frauen freilich gilt da leider immer noch die Aufklärung in Zeitlupe. Das hat Bergson nicht geschrieben. Das schreibe ich. Damit ist nicht dieser postmoderne Individualisierungswahn gemeint, der das öffentliche Leben (das private auch) so unübersichtlich aufsplittert. Einen »evidenten Verfall von Individualität« hat Adorno schon in den Sechzigern mit vor Ekel vibrierender Stimme konstatiert. Er vermutet, es sei die Arbeitsteilung, die den Menschen zerlege in seine einzelnen Fähigkeiten. Meint er damit, so ein Puzzle von Mensch könne keine richtige Persönlichkeit sein? Nachdem solche feinen denkenden Männer selbst überlebensgroß *ich* geworden sind, gönnen sie dem Plebs diesen Aufstieg nicht. Merken Sie, daß es von keiner Frau eine solche

Aussage gibt, obwohl sie ja heute wahrhaftig alles (fast alles) sagen dürfte? Diese Stufe des Snobismus haben wir nämlich nicht erreicht, noch lange nicht. Wir sind glücklich, daß wir uns endlich zu weiblichen Individualitäten entwickeln können und daß die Öffentlichkeit dies wahrnimmt. Heute ist mit weiblicher Originalität nicht mehr eine neue Haarfarbe, eine schicke Brille oder ein schräges Make-up gemeint.

Das soziale Alter der Frauen ist unterschiedlich im Vergleich zu dem der Männer. Wer vor hundert Jahren noch im Kindbett sterben mußte (in vielen Regionen noch heute), der genießt ganz einfach das nackte Überleben auch mit einem falschen Zahn im Mund. Die Frau habe das Recht darauf, verarscht zu werden wie alle Unterdrückten, Behinderten, Türken und Schwulen, behauptet ein allerliebster kleiner Entertainer in einem Interview auf satiniertem Papier. Nirgends sollen wir mehr ausgegrenzt sein, meint er. Märßi villmohl!, soweit sind wir noch lange nicht. Da soll er uns erst mal über ein paar andere Hürden helfen, wenn er es so gut mit uns meint. Das Patriarchat muß endlich die Gleichberechtigung herausrücken, dann sehen wir weiter …

Warum kommt sie uns denn mit so vielen Zitaten?, wird meine Leserschaft vielleicht fragen. Kann sie denn nicht für sich reden? Nein, diesen Omnipotenzwahn hat sie nicht. Wer kann schon alles aus den eigenen Eingeweiden herauszerren. Mir ist klar, daß wir alle auf den Schultern von Menschen stehen, die vor uns waren.

Im kulturellen Raum meistens von Männern, weil er über Jahrtausende von ihnen eingenommen wurde. Es gibt wundervolle Zitate der Alten (ich benutze sehr gern das altmodische Wort »Lesefrüchte«), die mir Fenster in die Welt aufgestoßen haben. Die tratsche ich weiter. Und es gibt welche, die mich auf die Palme bringen. Denen versuche ich zu widersprechen, sie zu widerlegen. Dennoch bleiben auch sie in unserem kulturellen Kosmos. Da muß halt jede Generation sehen, wie sie damit fertig wird. Mein liebstes fauliges Leseobst ist das vom »angeborenen Schwachsinn des Weibes«. Nein, *den* Namen plaudere ich nicht aus. Vor allem den jüngeren Lesern und Leserinnen wird vieles unbekannt sein, gehört es doch augenblicklich nicht zum stets wechselnden Gepäck, das man auf eine einsame Insel oder auf einen einsamen Flug mitnimmt. Kein Grund, nicht eine neue (alte) Bekanntschaft zu schließen. Vielleicht weckt das Fundstück intellektuelle Neugierde, wie bei mir auch. Plötzlich will man mehr wissen, hat Druckerschwärze geleckt, schlägt nach, genauso wie ich bei Ninon de Lenclos. Und dann findet man im Bücherdschungel nicht weiter. Da gibt's zum Beispiel im Buchhandel keine Gedichte von August von Platen, weil keine vernünftige Edition auf dem Markt ist (»Nächtlich am Busento lispeln …«, kennen Sie das?). Vielleicht kann eine Nachfrage (Begriff aus der sozialen Marktwirtschaft) eine Auflage auslösen? Wenn auch mit mir und meiner Generation einiges untergeht, Wilhelm Raabe vielleicht oder – weiß man's – Hans Magnus Enzensberger, Simone de Beauvoir oder Else Lasker-Schüler; im großen Kollektivbewußtsein bleibt es erhalten. Zum mindesten auf Mikrofilm. Nicht für jeden Erdenkloß, der alphabetisiert ist. Ganze Epochen versanken, die Gotik zum Beispiel im 17. Jahrhundert, als sich das Barock im Zuge der Gegenreformation breitmachte, um dann im 19. Jahrhundert durch etwas, was mein Vater Laubsäge-Gotik nannte, mit Stumpf und Stiel wieder ersetzt zu werden. Aber auch die Ruinen von Troja wurden wieder ausgegraben und Hans Sachsens Fastnachtsspiele. Und all die Opern und Öperchen von den italienischen Fürstenhöfen. Sie finden auch heute wieder von Zeit zu Zeit ihr Publikum. Demokratie heißt ja nicht, daß alle alles gleichzeitig wissen und lieben müssen. Archäologie ist eine sehr respektable Wissenschaft. Ein bißchen im Humus zu kratzen schadet nicht.

Nun sagt der Computer neuerdings, Heinrich VI. sei nicht von Shakespeare. So what – wer war Shakespeare? Ein unbekannter Stückeschreiber gleichen Namens? Der Librettist des amerikanischen Musicals »Kiss me, Kate«. Sein Elan vital hat doch nach dreihundert Jährchen glatt den Broadway erobert. Oder war es der Elan vital des zeitgenössischen Publikums, der das Widerspenstige Käthchen in eine zeitgemäße Unterhaltungsindustrie hineinhievte?

Ich halte mich nicht für Frau Shakespeare. Ich bin ja

nicht mal die berühmte Miss Maude aus Hollywood, eine Kultfigur, die den jungen verwöhnten Harold erlöste (wie das viele junge Männer ersehnen) – und das seit zwanzig Jahren im Kino. Ich kenne das.

Aber natürlich möchte ich auch etwas hinterlassen. Nicht nur ein paar Antiquitäten, die von selbst im Wert steigen. Oder ein paar selbstgebastelte Maximen für den Hausgebrauch des jungen Mannes. Ein paar goldene Worte sollten es schon sein, richtig aufgeschrieben, oder durchsichtige Silben aus Bergkristall, von mir aus auch aus Plexiglas. Vielleicht findet sie mal jemand, so wie ich die Christine de Pizan gefunden habe, und freut sich dran. Und dabei ist mir ganz wurscht, ob ich diese Gedanken mit siebzehn hatte oder mit siebzig. Ich war ja doch immer dieselbe.

»… une chose qui dure.«